leandro sarmatz

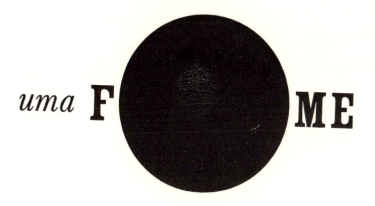

uma F○ME

EDITORA RECORD
RIO DE JANEIRO • SÃO PAULO
2010

CIP-BRASIL. CATALOGAÇÃO-NA-FONTE
SINDICATO NACIONAL DOS EDITORES DE LIVROS, RJ

Sarmatz, Leandro
S383f   Uma fome / Leandro Sarmatz. – Rio de Janeiro: Record, 2010.

ISBN 978-85-01-08899-4

1. Contos Brasileiros. I. Título.

                            CDD: 813
10-0777   CDU: 821.111(73)-3

Copyright © Leandro Sarmatz, 2010

Capa: Carolina Vaz

Texto revisado segundo o novo Acordo Ortográfico da Língua Portuguesa

Direitos exclusivos desta edição reservados pela
EDITORA RECORD LTDA.
Rua Argentina 171 – Rio de Janeiro, RJ – 20921-380 – Tel.: 2585-2000

Impresso no Brasil

ISBN 978-85-01-08899-4

Seja um leitor preferencial Record.
Cadastre-se e receba informações sobre
nossos lançamentos e nossas promoções.

EDITORA AFILIADA

Atendimento e venda direta ao leitor
mdireto@record.com.br ou (21) 2585-2002

Para o Magro da Copa
In memoriam
&
Para Milena

Sumário

1. ATORES

Harry Abbott	11
O Pequeno Junger	19
O Conde	27

2. ABANDONOS

Schadenfreude	37
Fontini	51
Um mês especial	61
Uma Fome	73
Judeus com cirrose	99
Barra da Tijuca, manhã do dia 5 de junho.	
Sol, é claro	103
Caninos quebrados	113
O escritor menor	121

1. ATORES

*Muitos nazistas se comportavam
como atores shakespearianos.*

Douglas Sirk

Harry Abbott

Harry Abbott, o ator americano, um ex-viciado em metadona, estava ficando louco — pelo menos é o que andavam dizendo no *set*. Vivendo havia mais de três meses isolado na Amazônia com W.H., o diretor alemão, além de uma numerosa equipe de atores e figurantes das mais diversas nacionalidades, Abbott estava ali para protagonizar um filme fantasioso sobre ninguém menos que Adolf Hitler. O enredo deveria se concentrar na suposta captura de um *Führer* já octogenário, que sobrevivia como bicho no meio da floresta brasileira.

Às vezes Abbott chorava o dia inteiro, às vezes preferia ficar pelado dentro d'água até sair completamente murcho quatro horas mais tarde, ou então se punha a provocar alguém da equipe até que isso resultasse numa briga. Na maior parte do dia, porém, o ator parecia um autista ou alguém muito perturbado: olhar empastado, mãos entrelaçadas, murmurava algo completamente ininteligível. Ele não estava batendo bem, comentavam.

Talvez tivesse seus motivos. Aos 42 anos de idade e escondendo de todos o fato de que poucas horas antes da viagem à floresta seu médico em Los Angeles lhe havia diagnosticado um linfoma, Abbott era obrigado a suportar diariamente quatro penosas horas na barraca de maquiagem para parecer um velho em estado deplorável. Sinceramente, ninguém sabia como ele tolerava essa tortura. Na verdade, passava a maior parte do tempo embriagado. Após a maquiagem, era preciso que a equipe estivesse bem coordenada: as altas temperaturas e a umidade provocavam o suor, e este fazia a cara maquiada do ator se decompor em menos de uma hora de filmagem. Havia imensos ventiladores para onde quer que se voltasse o olhar, mas toda essa parafernália se mostrava inútil diante do poder da selva. O calor impregnava tudo como uma segunda pele. Aí só restava filmar cenas em que o *Führer* não aparecia ou então interromper o trabalho até o dia seguinte. Nem é preciso dizer o quanto essa rotina era desgastante para todos.

Para recriar um mínimo de condições civilizadas, fora montada uma espécie de assentamento indígena de luxo. Duas dezenas de barracas, dispostas segundo a lógica muito particular de W.H. — um diretor calejado em filmar em meio às dificuldades e em locações nos lugares mais inóspitos do planeta —, serviam de moradia, sala de preparação dos atores, refeitório, enfermaria, sala de reuniões. Esta última era destinada aos dois financiadores que apareciam de helicóptero uma vez por mês para conferir o andamento dos trabalhos, ficavam ali pouco mais de cinco horas e depois voltavam para Manaus, onde um jato particular os conduzia de volta à Europa. Havia também, é claro, a barraca particular de Abbott, que chamava a atenção por ser a maior de todas e que mais parecia o bangalô de um daqueles velhos administradores da África colonial.

Ninguém, nem mesmo o diretor alemão, se aventurava nesses domínios. Parte disso se devia a motivos concretos (exigência contratual), outra parte era preocupação sanitária. Que tipo de fedor e sujeira estariam à espera de um visitante? Quando não estava filmando ou se metendo em confusão, Abbott se encerrava na barraca e dali não saía sequer para realizar as refeições, único momento em que a equipe inteira, do diretor ao mais humilde dos operários do *set* — em sua maioria recrutados entre a população ribeirinha da região —, confraternizava sem hierarquia. Somente Lewgoy, um experiente ator brasileiro já na casa dos 60 anos, que fazia o papel de um famoso caçador de nazistas, vez por outra se arriscava a saber como Abbott estava passando. Aparentemente, suas visitas eram toleradas. Mas Lewgoy também sempre se esquivou de tocar no assunto com os outros.

***

Harry Abbott, e é claro que isso não escapou ao diretor alemão, tinha as mesmas iniciais, embora trocadas, do próprio nome do *Führer*. No mais, seu tipo físico lembrava apenas remotamente o de seu personagem. O que de mais próximo havia era o olhar, resultado, talvez, de duas décadas de estrelismo, subserviência dos produtores de filmes e recorrentes tratamentos de desintoxicação. Era um olhar fixo, frio e penetrante como o de uma águia. Alguns nativos morriam de medo e evitavam encará-lo. Diziam que dava azar. Mulheres humildes, muitas descendentes de indígenas, que nos domingos de folga apareciam no *set* para visitar os maridos, evitavam levar crianças de colo. Os pequenos poderiam definhar até a morte.

Até agora, embora já tivesse passado bastante tempo, W.H. só havia conseguido poucas cenas satisfatórias com Abbott. Alguma coisa lhe dizia para seguir filmando outros entrechos dessa fantasia política no mínimo extravagante, como o esconde-esconde entre o Mossad e a pequena, porém fiel, guarda pessoal do *Führer* na floresta, e o desespero do caçador de nazistas que, debilitado por uma febre tropical, vê em cada sombra a macabra figura de um SS. Esse tipo de cena e mais alguns ajustes no roteiro já ocupavam boa parte do dia da equipe estrangeira. Quanto a Abbott, diziam, era uma questão de tempo; com a idade, ele acabou desenvolvendo um "método" muito particular (embora oneroso para os produtores e exasperante para as equipes), que consistia em permanecer no *set* o maior tempo possível quase sem atuar, até que, por algum tipo de capricho ou mesmo de espasmo calculado, erguia-se e desempenhava à perfeição o papel para o qual fora contratado, deixando todos boquiabertos.

Acontece que dessa vez a coisa não estava saindo conforme o combinado. O tal momento nunca se aproximava, os financiadores externaram sua insatisfação no último encontro com o diretor, e o clima com os outros atores estava péssimo. Abbott, diziam sem medo de que o próprio ator escutasse, estava acabado. Seu tempo havia passado; o que queriam dele produtores e diretores era apenas o nome quase mítico para estampar nos cartazes dos filmes e levar mais plateias às salas de cinema. Não que o ator fosse uma dessas celebridades. Era mais um *acteur culte,* um sujeito que fazia pouco mais de duas décadas sempre escolhia com bom gosto e inteligência os roteiros que lhe eram submetidos.

E agora — o que fazer com alguém que pelo visto não tinha futuro algum pela frente? Esse tipo de pensamento talvez também ocorresse a Abbott, que estava longe de ser velho, mas que guardava em segredo sua doença. Ele também não era nenhum principiante. Ao saber do linfoma meses antes em Los Angeles, poderia ter cancelado as filmagens até que o tratamento quimioterápico surtisse efeito sobre seu corpo. Era o que seu médico havia recomendado. Quando saiu do consultório, Abbott ainda não tinha decidido o que fazer. Se ficasse em tratamento, talvez perdesse a chance de fazer um filme com W.H., um diretor petulante que o havia convencido de que, mesmo quarenta anos mais novo, poderia fazer um *Führer* ainda em circulação na década de 1970.

Era por isso que Abbott estava lá. Apesar do aparente alheamento e do comportamento estrambólico no *set,* ele sabia o que todos comentavam a respeito dele. Não pretendia lutar contra isso. Eles que imaginassem o que quisessem. Ademais, estava pouco se lixando. Dentro de sua barraca-bangalô, a despeito das garrafas de bebida alcoólica jogadas num canto ao lado do sofá, tudo parecia perfeitamente organizado. A mesa onde fazia suas refeições estava quase sem migalhas. Quando não se alimentava exclusivamente de chocolates e outras guloseimas que trouxera de casa, era Lewgoy que contrabandeava até a barraca alguns sanduíches ou um pedaço suculento de peixe preparado pelos nativos.

Junto à cabeceira de sua cama havia uma pequena biblioteca com volumes sobre Adolf Hitler, o famoso livro de Raul Hilberg sobre o Holocausto, além de uma brochura muito popular de Frederick Forsyth, lançada poucos anos antes, que tinha um enredo vagamente familiar ao do filme. Quando não se sentia com disposição para filmar, passava longas horas folheando esses volumes, fazendo pequenas anotações diretamente no roteiro, e também dormia bastante. Aquela floresta estava acabando com ele. Ele achava que não escaparia vivo.

***

E então algo aconteceu, o truque mágico de Harry Abbott fez as filmagens funcionarem maravilhosamente bem, como sempre ocorria. Estava-se entrando no quinto mês de trabalho dentro da floresta. A disposição e a capacidade de entrega do ator (artigo muito valorizado entre os diretores) eram inexcedíveis. Seu *Führer* octogenário era um triunfo de contenção dramática e inteligência. Não havia nada de sobrenatural, é preciso que se diga. O que todos presenciavam ali era o trabalho duro de um ator experimentado, mas ao mesmo tempo se podia vislumbrar — de maneira bastante convincente — uma versão alternativa da história do século XX em todo o seu esplendor.

Perto da última semana de trabalho, porém, um incêndio varreu o acampamento. Ninguém parecia ter a mais vaga ideia de como as coisas principiaram. Uma fagulha aqui, uma ventania inesperada, e logo as chamas pareciam prestes a consumir todas as barracas. O piloto de um helicóptero do Exército brasileiro que patrulhava a região percebeu o que estava acontecendo e conseguiu chamar pelo rádio outros dois camaradas seus. Em questão de minutos todos foram resgatados quase incólumes; no máximo algumas pessoas estavam arranhadas pelo esforço de tentar subir em árvores ou exibiam pequenas torções devido ao desespero de correr mata adentro. Foi quando W.H. deu por falta do ator americano.

Abbott, é claro, já não estava mais lá.

O Pequeno Junger

Foi só no último inverno da guerra, o mais horripilante de todos — quando o que restava do contingente alemão era aniquilado dia após dia e o *Führer* enlouquecia entre as paredes de seu *bunker* —, que o velho ator Junger se convenceu de que não havia mais nada a fazer a não ser ficar de luto e conservar seu segredo.

Já fazia 15 meses que não recebia notícias daquele jovem soldado que criara como filho. Desde que o "Pequeno Junger" (como era conhecido pelo público dos cinemas mesmo depois de ter saído da adolescência) recebeu o chamado às armas e foi lutar no *front* russo, Junger nunca mais soube nada dele. Antes, julgava-o um afortunado, sobretudo nos primeiros anos do conflito, pois havia muitos filmes para atuar, a UFA ainda não começava a sofrer com os cortes e as privações do esforço de guerra, a carreira do Pequeno Junger ia de vento em popa, mantendo-o distante dos coturnos e das obrigações da caserna.

Então veio o colapso do Reich, e o Pequeno Junger — como bom ariano — foi alistado. Disse adeus ao cinema e ao velho Junger numa manhã em que Berlim inteira cheirava a poeira de prédio e a rato carbonizado.

Desde então Junger se acostumou aos pesadelos (o mais frequente deles era um desenho animado tendo como protagonista o Pequeno Junger) e à ansiedade sobre a possível descoberta de seu segredo.

Um dia, às vésperas de deixar Berlim, Junger atravessava receoso, com medo de algum bombardeio, o quarteirão que levava de seu apartamento em Prenzlauer Berg a uma antiga mercearia parcialmente destruída quando encontrou Glazner, outro velho ator do seu tempo. "Glazner", é certo, parece um sobrenome judaico: evidentemente o ator era ariano, mas esse quase engodo lhe foi benéfico no início da carreira (muitos empresários teatrais eram judeus do Leste que enriqueceram em Berlim), embora a partir de 33 tenha sido motivo de alguma dor de cabeça. Após as saudações habituais, Junger lhe comunicou que estava deixando a cidade para tentar escapar dos conflitos. Buscava um pouco de paz e segurança no campo, longe o quanto conseguisse das bombas e dos aviões inimigos. Glazner, que se considerava um patriota, achou a ideia uma completa asneira. Insinuou que Junger talvez tivesse algo a esconder. Um segredo militar. Um baú de provisões. Judeus no porão. Estava blefando, é claro, e Junger sabia disso, o que não o impediu de ficar mortalmente ferido com as insinuações de Glazner. Logo ele, que lhe fora tão próximo quando ambos estavam na casa dos 30 anos. Despediram-se e Junger prometeu a si mesmo nunca mais fazer camaradagem com gente do teatro enquanto vivesse. Na mesma hora, porém, lembrou que foi Glazner, um cínico, quem um dia lhe ensinou algo precioso:

— Há três classes de atores: os atores judeus, os atores homossexuais e os atores sem classe.

O velho Junger deixou Berlim logo ao alvorecer do dia seguinte. Evitou olhar para trás e assim contemplar as ruínas.

***

Com 54 anos completos, Junger havia se retirado para sua casa de campo localizada quase no meio do nada. Alguns quilômetros a oeste ficava a cidade de N., que até então fora milagrosamente poupada dos conflitos, o que garantia um mínimo de serenidade. Que país beligerante iria perpetrar o desperdício de bombardear uma casinha em um lugar tão remoto? Embora vivesse em Berlim desde os 21 anos, quando foi recrutado por Westheimer, um astuto empresário judeu, do acanhado teatro provinciano onde já era uma atração, os ares rurais o revigoravam, a despeito das terríveis notícias, da visão de um mundo que parecia desaparecido e das crescentes privações impostas pelo regime de guerra. Sentia-se mais forte e até um pouco mais jovem. A casinha no meio do nada, longe da ferrovia e do teatro dos combates, lhe parecia um arranjo bem favorável. Assim como a presença da criada, uma matrona que havia perdido o noivo ainda na guerra de 1914.

Foi nessa casinha que Junger, por falta do que fazer — pois a criada não o deixava tocar em nada e estava sempre se antecipando aos seus desejos e pensamentos — e com uma pesada culpa obscurecendo seus dias, resolveu que era chegada a hora de deixar registrado seu segredo. Abriu a gaveta do criado-mudo, retirou um punhado de folhas de papel e deu início à rememoração de um episódio ocorrido alguns anos antes da guerra.

***

"Foi logo depois de 33", começou Junger, "quando as primeiras medidas contra os judeus começaram a vigorar em nosso Reich, que uma noite, quando eu estava dormindo com uma edição do Shakespeare de Schlegel em meu colo, fui surpreendido com repetidas (e hoje eu diria desesperadas) batidas em minha porta. Fui abrir, ainda bastante sonolento e com alguns trechos da peça que estava lendo — *Henrique V*, uma péssima ideia naquele momento — aparecendo e desaparecendo na minha cabeça. Postados diante de mim havia uma jovem atriz, a Sra. L., ariana, e seu marido, o Sr. H., judeu e roteirista de cinema."

Às vezes Junger parecia hesitar em dar prosseguimento à história. Ficava pensativo, como se avaliasse a necessidade (ou não) de pôr o passado a limpo. Então continuava:

"Poucos casais em nossas artes combinavam tanto quanto esses dois. Ele era alto, nobre, perfeitamente ariano no porte, a despeito da origem racial. Ela, apesar dos dotes relativamente limitados como atriz, era uma mulher lindíssima, tinha tudo para ser a verdadeira estrela alemã. Bem atrás deles, trêmulo de medo, havia um garotinho que logo reconheci ser o filho do casal. Era louro como a mãe e delgado como o pai. Tinha 8 anos e parecia um querubim.

"Estavam completamente desesperados, antevendo o pior; por alguns desses misteriosos prognósticos que denominamos intuição, pareciam já saber tudo o que aconteceria em nosso país poucos anos mais tarde. Imploravam-me que eu tomasse conta do pequeno, que o registrasse em meu nome como meu filho (pois haviam dado um jeito de assinalar seu óbito, sabe Deus a partir de que expediente!) e que eu o criasse da forma mais alemã possível, para jamais despertar suspeitas. Quanto a eles, os pais, iriam começar os preparativos para sair do país. Não achavam justo incluir o garoto numa aventura da qual não podiam prever as consequências e os desdobramentos. Desapareceram para sempre a partir daquela noite.

"Então lhe dei meu sobrenome, arranjei-lhe uma mãe (a criada de minha casinha de campo), matriculei-o em uma nova escola, arrastava-o comigo para o teatro. Se nenhum dos meus antigos colegas daquela época jamais quis averiguar a respeito daquele menino que estava sempre atento nas coxias, durante os ensaios e mesmo nas estreias, foi por camaradagem, recato ou até indiferença. A cada mês que passava havia muitas outras coisas mais graves com as quais se preocupar.

"Enquanto o *Führer* nos enchia de sonhos grandiosos e em nossas cidades as multidões de simpatizantes se multiplicavam, o garoto crescia, ficava mais forte, belo e demonstrava ser dono de uma personalidade impetuosa. Até que numa ocasião, quando já contava 13 anos, um produtor da UFA o selecionou para um filme de cunho inspirador. Forçosamente tive que permitir, caso contrário eles iriam me soterrar de perguntas capciosas sobre esse filho que tive com a criada. Diante da câmera, o ator-mirim era a face da mocidade ariana, o modelo físico e emocional a guiar os jovens do nosso Reich.

"Houve um tempo, entre o início e o fim da puberdade, em que o Pequeno Junger estrelou mais de uma dezena de filmes. Em todos eles, abria seus imensos olhos azuis para uma plateia hipnotizada. Era sempre o protagonista: um jovem explorador das montanhas mais altas; o pequeno protetor de sua cidadezinha em apuros; o valente nadador desnudo que resgatava do lago um grupo de outros garotos como ele que se afogavam.

"Às vésperas de completar 18 anos, no auge dos conflitos, temi por sua integridade: na certa iria engrossar as fileiras do Exército, sofrendo as maiores privações e perecendo anonimamente em algum lugar remoto do Leste. Mas não: enquanto a UFA resistiu, o Pequeno Junger foi a sua maior estrela juvenil. Em seu último filme, jamais concluído — a escassez de material se tornou intolerável a partir de determinado momento —, encarnou um soldado que levava a mensagem do *Führer* para uma América subjugada, discursando cheio de calor e paixão diante de uma projeção da Estátua da Liberdade.

"Depois disso, realmente o transformaram em soldado. Afinal, o Reich necessitava do bom e jovem sangue ariano."

E foi com essas palavras que o velho ator Junger deu por concluído seu relato. Não havia mais segredo para guardar.

Ordenou então os manuscritos, numerando-os, e em seguida tratou de acomodá-los dentro de um envelope pardo onde diligentemente, além de assinar seu nome completo, acrescentou idade, local de nascimento e profissão. Saindo dos seus aposentos particulares, deu alguns passos até a sala de jantar, onde havia um bufê de madeira escura sobre o qual repousavam pequenas e perfeitamente fidedignas miniaturas de animais africanos e um enorme porta-retrato com uma foto sua ainda jovem, caracterizado como aldeão em uma velha peça romântica. Foi sobre esse móvel que ele deixou o envelope. Em seguida, tomou o rumo da cozinha. A criada não estava em casa.

Não muito longe dali, um recruta soviético que havia se dispersado de sua divisão após literalmente desmaiar exausto sobre um monte de feno à beira da estrada, e agora acelerava o passo para se reintegrar à marcha, parou assustado assim que ouviu um estampido a respeito do qual poderia jurar que se tratava de um tiro de pistola.

O Conde

Quando Emil Fleischer, o ator ídiche, saiu do *Lager* após um período de dois anos em que sofreu privações para as quais homem algum está devidamente preparado, a primeira coisa em que pensou foi encontrar uma cama decente para dormir. A segunda era que, a despeito da verdadeira bênção de estar vivo, decidira empreender uma viagem para rever um lugar que lhe era caro antes que fosse sugado pela máquina da morte: Czernowitz, a cidade na Bucovina onde nascera junto com o novo século. Só depois disso é que iria para a América.

Haveria algum sentido na resolução de um homem aniquilado? Era sem dúvida um disparate. Para suportar a internação no *Lager*, Fleischer — um ator medíocre que viu a possibilidade de ganhar a vida interpretando o personagem do Conde Drácula em uma série de espetáculos itinerantes de duvidoso mérito artístico — se punha a fantasiar uma vida inteiramente nova na América. À noite, no beliche, contorcendo-se ora de fome ora de disenteria, o ator arquitetava verdadeiros idílios hollywoodianos.

O pior é que às vezes ele tinha esses pensamentos em voz alta, no imenso breu do pavilhão. Havia quem achasse que Fleischer estava se vangloriando, como Berman, o açougueiro, homem que nunca tinha visto um artista na vida. Outros podiam jurar que o ator era apenas mais um lunático entre tantos que ali eram despejados antes de virar uma massa informe de ossos retorcidos, como Aronis, o alfaiate que se expressava em francês a maior parte do tempo e em ídiche quando tinha pesadelos.

Quanto à cama, Fleischer se contentou naqueles primeiros dias de libertação com um punhado de serragem que lhe fora arranjado por uma robusta polonesa que estava trabalhando — um pouco a contragosto — para os russos. Tendo passado várias noites perto de um aquecedor, com o corpo revigorado depois de inúmeras refeições decentes, o ator se sentia um verdadeiro príncipe. De resto, sua saúde parecia de ferro. Havia uma certa mágica em ter sobrevivido àquilo tudo.

Agora, faltava empreender a jornada até Czernowitz.

***

Fluente em alemão — sua cidade natal contava com vasta e afluente população germânica —, Fleischer também falava ídiche, romeno e arranhava um pouquinho de polonês e russo graças às turnês empreendidas nos recantos mais obscuros do Leste. Foi nas cidadezinhas e aldeias que pouco ou nada sabiam do mundo exterior, a não ser quando ocorria alguma peste ou um mesmo um *pogrom*, que o ator recebeu o apelido com o qual seria reconhecido enquanto houvesse um judeu vivo e apreciador do teatro — o "Conde". Essa parca informação ("Hoje tem espetáculo do Conde"), alardeada pelas ruas, circulando como fofoca entre as mulheres que iam ao mercado e sussurrada às portas das sinagogas e *yeshivot*, já bastava para que um numeroso e atento público se formasse em torno daquela pequena trupe esfomeada: Fleischer, Gabi — uma bonequinha mimada que se dizia vienense mas tinha vindo ao mundo no *schtetl* de Lakhva — e o velho Maltchik, que fora zelador de uma sinagoga incendiada pelos cossacos em Kíev, havia muitos anos. Os figurantes eram recrutados entre a própria plateia. Evidentemente não recebiam um tostão.

Fleischer, um palhaço, um canastrão, se safou da morte em pelo menos duas ocasiões graças à capacidade de deslizar entre idiomas e personagens. A primeira vez fora logo depois da invasão da Polônia. Sem saber ainda direito o que estava acontecendo, a trupe viajava em sua carroça ao longo de uma estrada quando foi interceptada por um comboio alemão. Um dos soldados se dirigiu ao Conde com agressividade num polaco completamente desmantelado, julgando-o camponês ou, quem sabe, até mesmo judeu. Fleischer, que usava um terno tão puído que mal dava para divisar as franjas de suas vestes, na mesma hora percebeu que ali havia uma oportunidade. Com sagacidade, disse no mais puro alemão que era um caixeiro-viajante que fora assaltado por bandoleiros, provavelmente ciganos (e nesse momento o ator cuspiu teatralmente no chão), e que estava voltando para casa com sua esposa e seu sogro. Sem a mais remota ideia da verdade, o soldado lhe deu uns tostões e recomendou-lhe cuidado na jornada de volta.

Fora um sufoço. Gabi e Maltchik já estavam prestes a entoar o "Shemá Israel".

A segunda vez que Fleischer enganou a morte não havia mais trupe, nem cidades onde pudessem se apresentar, a plateia tinha sumido. Onde todos foram parar? O Conde descobriu isso numa manhã de verão, quase sufocado de calor e morrendo de sede, num vagão em que famílias inteiras viajavam empilhadas como gado. Já fazia dois dias que Gabi — ela sempre tivera uma compleição frágil — morrera desidratada. "Qual era mesmo a idade dela?", pensou o ator. "No máximo uns 23, coitada." Ele a encontrara uns cinco anos antes quase aos farrapos, com o braço quebrado, à beira de uma ferrovia nos arredores de Linz. Estava fugindo daquele que seria seu primeiro dia de trabalho em um prostíbulo. Depois de tratá-la e alimentá-la, o Conde lhe ensinou alguns rudimentos da arte teatral. De todo modo, ele também não era nenhum Molière. Ela era graciosa — isso quando não tinha seus achaques — e sabia como atrair a atenção para o espetáculo.

Quanto ao velho Maltchik, este pelo menos não experimentaria a incerteza: antes mesmo de embarcar ele fora assassinado a pontapés por três soldados, tão somente por diversão.

Ainda no desembarque, o frio mais frio no coração, Fleischer teve que se passar por operário para mostrar alguma utilidade. Era uma mentirinha de nada, mas naquele tempo esse nada poderia significar quase tudo para pessoas como ele. É claro que ninguém parece ter acreditado nessa farsa, mas alguma coisa no Conde — o sotaque, os olhos meio puxados, o cabelo muito liso e preto — despertou um sentimento completamente inexplicável no sujeito que o encarava, que o divertiu e o fez designá-lo para um pavilhão de trabalhadores. O ator havia sobrevivido àquele dia. E aos muitos dias que se seguiram.

***

A Europa estava um caos naqueles dias imediatamente após o fim dos conflitos. Quase não havia mais estradas, muitas vezes era preciso fazer longos desvios para evitar uma rota de buracos, caminhos interrompidos e pontes destruídas, em frangalhos. O mesmo acontecia com as linhas de trem: era preciso avançar vagarosamente, parar algumas horas (ou dias) num determinado ponto da rota para aguardar a passagem de outro comboio vindo do lado oposto ou esperar que algum dos exércitos vitoriosos fizesse os reparos necessários.

Era sempre com algum custo que Fleischer, sem dinheiro e vestido com um terno que o deixava com aspecto de mendigo circense (roupas que ele havia amealhado numa visita noturna a um imenso depósito vigiado pelos russos), conseguia embarcar nas estações que o separavam de sua cidade natal. Em cada trem precisava desempenhar um papel diferente. Ele era um virtuose da empáfia. A seu favor, Fleischer ainda apresentava uma série de cartas de recomendação — escritas em russo e inglês —, em que supostos comandantes faziam mil e uma referências acerca das qualidades daquele ator que (como estava escrito), "sem dúvida, logo iria fazer seu nome no cinema". Ninguém entendia por que, diante da gravidade dos fatos daqueles dias, em que sobreviver, fazer uma refeição e ter onde dormir quando chegasse a noite eram o centro das preocupações de todos, comandantes que haviam liderado exércitos para vencer a guerra perderiam seu tempo com um ator que errava pela Europa. O fato é que Fleischer quase não teve maiores percalços durante sua jornada.

Que tipo de estrela tinha o Conde? Havia muito tempo ele fazia pouco-caso da morte ou, pelo menos, a enganara como um desses galãs sem categoria que se acercam de uma velhota rica qualquer e passam a viver de suas sobras, forjando muito de vez em quando uma cena de ciúme — tudo para assegurar seu domínio emocional sobre a pobrezinha. Até agora não havia sido diferente. Tendo atravessado vários países, contemplado cidades em ruínas, fileiras de homens derrotados, órfãos esqueléticos e mulheres que riam como desvairadas, Fleischer parecia tocado por algum misterioso desígnio superior. Ele era imune a esse tipo de desgraça.

Será que em algum momento ele havia parado para pensar em tudo isso? Não parece muito razoável, até porque o ator não era uma pessoa razoável. Gente como ele não costuma refletir muito sobre o que acontece à sua volta. É como se houvesse uma espécie de instinto, ou se quisermos, de segunda natureza. Trata-se quase de um atributo independente da própria vontade. A vida está ali, oferecendo seus desafios, para quem fizer o que for necessário sem entrar em maiores filosofias.

Por isso não surpreende o fato de Fleischer ter conseguido cruzar um bom pedaço do continente para voltar ao lugar em que havia passado a infância. Ali ele não havia sido "Fleischer, o ator", tampouco "Fleischer, o Conde". Era apenas Emil, o sétimo e último filho — e portanto aquele que se sentia mais deslocado de todos — de um alfaiate que desaparecera de casa uns meses antes do *bar mitzvah* do filho caçula. Fora uma loucura o que seu pai fizera, ele pensava, quando já se aproximava de Czernowitz.

Ao longe, o ator já podia avistar as chaminés, rolos de fumaça subindo aos céus. Estava ansioso para alcançar os limites da cidade. Quem, entre todos os seus parentes e conhecidos, teria sobrevivido para ouvi-lo entoar um *Kadish* em homenagem aos que se foram?

Naquela noite em Czernowitz, quem falasse o idioma alemão estava sendo massacrado.

2. ABANDONOS

*não há perguntas mais urgentes
que as ingênuas.*

Wisława Szymborska

Schadenfreude

Meu caro,

Tenho consciência de que na última ocasião em que deparamos um com o outro, durante aquela recepção para os participantes do congresso em Madri, a cabeça cheia de álcool, acabei sendo extremamente rude. Pior: fui grosseiro, negligente, histérico, convulsivo, frenético e (devo admitir) um tanto leviano em relação ao grau de envolvimento que nossa amizade um dia alcançou. Ora, uma amizade como a nossa, baseada na fé em alguns pontos comuns, calcada na franqueza que, muitas vezes, como soubemos por experiência própria, elevara a temperatura, uma amizade como a nossa deve ser uma fortaleza contra as intempéries do mal-entendido, dos becos sem saída da aspereza, das hesitações naturais a todo o diálogo entre pessoas que são, ou se julgam, superiores em intelecto. Sei que estou sendo um tanto metafórico e inclusive escrevendo em péssima "prosa poética", mas a essa altura dos acontecimentos só consigo dar conta de tudo em um estilo assim, quase me desviando para os arrabaldes do mau gosto; evitando, é claro, tocar com muita força as teclas do sentimentalismo, ou de todo modo apenas fazendo confirmar minhas modestas origens familiares.

Costumamos ser bastante ingratos com nossos benfeitores, você pode estar pensando, inclusive quase consigo enxergar seu olhar (rabínico?) sobre os tufos crespos da sua barba... E eu quase ia escrever "hirsuta": para você ver como a linguagem muitas vezes nos narcotiza com seu beijo de "boa noite, Cinderela" e nos conduz a escuros e fétidos corredores. Sim, você poderia pensar que tudo não passou de ressentimento, ou de vingança, pois a minha reação absolutamente desmedida a uma pergunta sua, a forma como acusei o golpe, só poderia ter sido provocada por algum tipo de sentimento inferior. (Ainda agora, enquanto escrevo "acusei o golpe", deixo transparecer uma nota de ressentimento, você deve estar pensando. E com razão.) Eu compreendo. Seria capaz de chegar à mesma conclusão se o que aconteceu naquela ocasião tivesse repercutido em mim como repercutiu em você. *Frères humaines*: éramos muito próximos, a despeito da diferença de idade, não costumávamos modular muito o palavreado, algum tipo de embate poderia ter acontecido lá atrás, no início da nossa amizade, e seria o tipo de coisa que faria terra arrasada em um relacionamento entre dois adultos, ainda mais entre um mestre e um discípulo. É evidente, contudo, que se algo do gênero tivesse ocorrido ainda no início do nosso conhecimento um do outro, um de nós (e é mais ou menos óbvio que este alguém seria eu) teria sido posto para fora da universidade, talvez até enxotado da carreira.

Volto a escrever depois de deixar parado o rascunho anterior, há alguns dias, e quase completamente impossibilitado de seguir adiante – medo da logorreia, inaptidão total para a autoexposição e, quem saberia disso com certeza agora mesmo?, falta de talento para pedir desculpas num e-mail. Sim, acho que você merece algo no estilo, um pedido de desculpas formal, além de algo próximo a uma confissão e um esclarecimento. Isso pode aplacar um bom pedaço do teu próprio rancor, mas com certeza também seria tão somente um anestésico para a dor e o sentimento de desamparo que, imagino, você está sentindo nesse momento. Tua filha. Ela (e aqui estava prestes a me embatucar com os tempos verbais) *é* uma pessoa de trato difícil, já era assim no início, será para sempre assim, imagino. Talvez ainda seja muito cedo, e é, para brincar de fazer uma retrospectiva, mas a tarefa é essencial para esclarecer alguns pontos, voltando um pouco ao passado, por mais doloroso que este lhe pareça.

Acompanhe a cena. Você, o mestre, o grande professor, recebendo o jovem discípulo, praticamente um calouro, para jantar em seu apartamento, lugar que me parecia perfeito, o legítimo domínio de um grande pesquisador. Um útero forrado de livros e mobiliado com mesas e cadeiras Saarinen. Eu tenho 26 anos, não sou da cidade, meus pais praticamente não abriram um livro na vida, a vida universitária para eles é quase apenas uma parte do percurso para o meu trabalho como gerente de algum laboratório, coisa que, a despeito dos meus êxitos acadêmicos, até hoje minha mãe espera que eu faça. Você, sua mulher e a filha de 14 anos ali, os três com roupas leves e despretensiosas, mas elegantes, de um *hippie chic*. Eu completamente acabrunhado, quase um jeca, no interior da perfeita família universitária, com suas estantes repletas de livros (não só da nossa área, reparei, mas o fino das letras e das artes), relíquias de viagens espalhadas pela decoração, velhas fotos de família emolduradas. Tudo era tão diferente da casa dos meus pais, não só a disposição de móveis e apetrechos, mas havia ali alguma coisa mais inefável, acho que tinha a ver com a vibração intelectual do apartamento inteiro. Havia elegância e poder, tudo temperado com a maior dignidade. Foi a experiência mais próxima que eu tive de um choque cultural. Eu podia ser uma espécie de Mogli naquele tempo. Sim, eu era o menino-lobo resgatado pela civilização branca e ilustrada de uma família de Higienópolis.

Forçoso dizer o quanto aquilo me marcou. Tudo, da decoração ao jantar propriamente dito, à leveza que vocês três aparentavam e ao modo como estavam vestidos. E, bem, eu não deveria estar tratando disso a esta altura da mensagem – acho que estou me antecipando —, mas o quanto a visão dela me foi arrebatadora já naquele momento. Sim, espere em breve pelo conto de amor. Você só sabe os detalhes, digamos, "sórdidos" da coisa, sem falar em seus melancólicos desdobramentos ulteriores. Lembro que todos conversamos e rimos, que baixamos o tom para dizer coisas graves e em seguida o erguemos para combinar grandes planos, mas ao mesmo tempo eu só tinha olhos para ela, para aquela adolescente deliciosa e perturbadora que era, para a minha desgraça, a filha do meu orientador na universidade.

Foi frequentando a sua casa durante todo o período do meu doutorado, na condição de pupilo mais dileto, que pude aos poucos me aproximar dela. Primeiro, flertes sem consequência, marotos, que não chegavam a lugar algum e que a divertiam, além de servirem para ela começar a afiar as garras. Nem é preciso acrescentar que é desse modo que as garotas crescem e se tornam mulheres. É assim, flertando de forma irresponsável, que elas aprendem a diferenciar os tipos masculinos e a reconhecer as estratégias de sedução, os subterfúgios, as trapaças e as imposturas nesse negócio tão vasto e antigo que é a corte amorosa entre os sexos. A coisa funcionava assim. Com a frequência e a intimidade que gradualmente me foram concedidas, eu costumava aparecer no apartamento em horários que eu sabia, ou suspeitava, que você não estivesse. Havia sempre um assunto mais ou menos urgente para tratar, um resultado dos meus experimentos que eu gostaria de apresentar e discutir com você, uma passagem da tese que eu precisava mostrar o quanto antes. Como todos presumivelmente estavam fora de casa, era ela quem me abria a porta. Às vezes desmazelada, noutras saída do banho, ou de pijama, ou recém-chegada da escola, suada depois de uma partida de vôlei. Durante pelo menos uns dois anos, era só isso o que acontecia entre nós. Ela abria porta, deixava-me entrar, ficava me provocando infantilmente, atirada no sofá ou espreguiçando-se sobre o tapete da sala.

Dois anos depois desse início vacilante, dessa aproximação ansiosa e cheia de culpa, eu estava, a esta altura, literalmente pedindo água. Você, aliás, percebeu como há gente tomando água na rua hoje em dia? Você está na calçada, e lá está a água mineral; no metrô, sentado no vagão, alguém tomando sua água do gargalo da garrafinha. Tornou-se quase um esporte, um esporte meio espalhafatoso, claro, nesses tempos de autoexposição – toda essa multidão de bebedores de água que podemos encontrar zanzando pelas ruas com suas garrafinhas transparentes, azuladas, com rótulos. Pois tenho minha teoria. Pois bem: claro que vivemos em lugares poluídos, em cidades sem oxigênio, trabalhando o dia inteiro em escritórios com ar-condicionado. Isso é uma realidade. É o nosso quinhão diário de apocalipse pós-industrial. Mas para mim tem alguma coisa de instinto primal, de preservação da espécie mesmo, de antecipação de algum caos maior que todo mundo já sabe que está dobrando a esquina. Não é preciso ser do nosso ramo para saber: o planeta vai secar daqui a pouquinho. A água será o novo petróleo, como dizem todos os clichês jornalísticos das últimas décadas. É como se nossa espécie estivesse "sabendo" disso, com se cada uma das nossas células tivesse consciência dessa grande seca planetária, e nos pedisse – por mais irracional e sem sentido e vazio e inútil que seja – mais água para enfrentar esse futuro horroroso, mais água para enfrentar o caos da aridez terminal.

Sim, me perco nessas digressões todas, nesses palpites melancólicos. Já disse: se para alguns a ironia é o deslocamento necessário, a válvula de escape diante do quase inominável, comigo o que costuma acontecer é essa falação destrambelhada. Serve para mascarar minha completa falta de jeito para expor a verdade. O fato é que, depois daquele tempo todo de joguinhos irresponsáveis, eu precisava pagar a minha conta com Eros. E então algo aconteceu. Dessa vez não foi durante minhas visitas falsamente ocasionais, mas sim na festa do seu aniversário de 50 anos. A casa cheia, os brindes todos de várias gerações de pesquisadores em torno de você, mestre ou amigo de muitos de nós, os discursos solenes e em alguns casos divertidos, cheios de calor e intimidade, um clima que, no dia seguinte, todos poderiam repercutir como sendo o de "uma festa deliciosa". Num momento qualquer – não foi nada muito deliberado, posso assegurar –, a caminho do banheiro, um pouco alto depois de alguns copos, passei pelo quarto dela. Ela estava ao telefone brigando, ou discutindo, com alguém, presumivelmente um garoto da classe dela. A despeito da matéria da discussão, da qual pude captar apenas alguns retalhos que versavam sobre a suposta traição de alguém e a suposta desilusão de outro, havia alguma coisa na insolência dela (a velha história da insolência dessas lolitas todas) que não era apenas birra adolescente. Aos 16 anos ela já era uma mulher completa; e não estou falando apenas dos seios e do resto do corpo. Isso dava para perceber em cada sílaba que ela escandia para o pobre do garoto do outro lado da linha, em cada meneio de cabeça, e por fim em cada centímetro de seu corpo tensionado naquela discussão. Era irresistível demais. Ela precisava ser minha. Esperei que ela desligasse o telefone, adentrei, encostei a porta do quarto, então meio de brincadeirinha a tomei pela cintura – ela estava com uma dessas calças de cintura baixa – e, numa voz farsesca, a voz de um galã dotado de autoironia, disse-lhe algumas coisas mais ou menos cafajestes ao pé do ouvido. Ela então me beijou.

Eu não sei se havia alguma paixão da parte dela ou se estávamos inaugurando apenas mais uma fase de nossos flertes, porém esse momento foi uma revelação. Estava ali, escancarada naquele beijo, a evidência de um envolvimento interdito, secreto, que fora gestado desde o jantar para o qual você me convidou, mais de dois anos antes.

Seja como for, ela se entregou rapidamente a mim, e, num período que não posso determinar (*porque não quero nem devo determinar: isso um dia poderia ter implicações judiciais diante de tudo o que aconteceu mais tarde*), vivíamos o cotidiano próximo ao de dois amantes. Havia muita coisa em jogo para nós dois naquele tempo. Você era orientador (meu) e pai (dela), ou seja, de certa maneira você era o provedor de nós dois, fato que não me escapou porque parecia resvalar incestuosamente para o domínio do simbólico. Nessas condições, tudo deveria ser feito com o maior recato, em surdina, para não despertar suspeitas nem para lhe provocar uma desilusão bastante dolorosa. Ela ia ao meu apartamento em Perdizes, ou então eu a buscava para jantar e depois esticar a noitada em minha cama. Não pense (se é que você está pensando nisso) que foi um daqueles relacionamentos cheios de romance e arrebatamento e culpa; foi tudo mais corriqueiro, mais concreto. Sei que não poderia qualificá-lo de "frio", porque absolutamente não se tratava disso, mas não havia aquele grau de intensidade que costumamos atribuir aos relacionamentos proibidos tal como nos foram apresentados por meio de tanto cinema e literatura. De nossa parte havia muito desejo e havia (quero crer) algo assemelhado ao amor. Nada muito além disso; mas também, o que há muito além disso?

Então algo aconteceu, um desses clichês pavorosos: ela ficou grávida e eu tive que levá-la até uma clínica em Moema. Pelo menos a coisa toda foi limpa e indolor, me parece.

Tudo isso que estou relatando levou mais um ano e meio de nossas vidas, coincide com o período de obtenção do meu título de doutor e de minha movimentação toda para conseguir um posto em alguma universidade estrangeira. Não se tratava de fuga ou coisa semelhante. É certo que eu estava querendo tomar distância, inclusive dela, porém o que mais me motivava, eu acho, era o desenvolvimento da minha carreira. Foi nessa época também que você se afastou de mim, e praticamente de todos, para se dedicar integralmente à doença que estava devastando sua mulher. Quando ela morreu, talvez você tenha sido avisado, eu liguei do Canadá para conversar com você, mas sua filha – que àquela altura parecia me odiar pelo fato de eu ter saído do país – atendeu o telefone e disse que você havia tomado muitos tranquilizantes e que portanto não tinha condições de falar. Entabulei uma conversa com ela e, sabe-se lá motivado por alguma razão obscura até para mim mesmo, escutei minha própria voz lhe articulando o convite que iria alterar a vida de todos nós. Foi um gesto completamente impensado.

Três meses depois daquele telefonema, eu a esperava no aeroporto. Eu, que até então morava num típico apartamento de solteiro perto da universidade, aluguei uma casinha em um daqueles subúrbios anônimos, uniformes e sem imaginação de Montreal. A vida andava. Estava entusiasmado com meu trabalho na universidade, consegui para ela uma bolsa parcial para frequentar a faculdade de artes, e a nossa rotina adquiriu um grau de *quase* normalidade. Éramos um casal, ou praticamente isso, como tantos outros.

Não era um arranjo desagradável, tenho que admitir. Ao fim da tarde, se fosse verão, ela estava à minha espera no jardim com Simba, um *lhasa apso* meio histérico que ela encontrou perdido na rua, e que está aqui até hoje roendo o sofá e urinando ao pé da geladeira. Então eu tomava umas cervejas e íamos passear de mãos dadas pelo quarteirão. Era de uma mediocridade aconchegante, se é que você compreende a extensão do que eu digo, porém se ajustava muito bem depois de um dia de docência, leituras e pesquisas extenuantes. Tínhamos travado pelo menos uma grande amizade com outro casal, um patologista da Polônia e sua mulher franco-canadense que também assistia a aulas de arte e que logo veio a se transformar na grande confidente dela. Às vezes, nas folgas da universidade, íamos os quatro no meu carro para algum destino indeterminado, parando aqui e ali para fazer as refeições e descansar ao fim do dia. Foi numa dessas viagens, depois de um baseado e umas taças de vinho, que ela resolveu confessar como foi parar ali comigo, ou seja, como pôde contar com a sua anuência para ir viver tão longe uma imitação de matrimônio com o antigo aluno do pai.

Claro que eu não poderia saber que ela havia escapado de você por meio de uma mentira. Como imaginar que ela, aos 19 anos, havia deixado o próprio pai, viúvo e desconsolado, lançando mão de um estratagema tão ofensivo? Eu até podia desconfiar que havia alguma coisa mal explicada, mas longe de mim imaginar o que de fato aconteceu na época em que ela partiu do Brasil. Desde aquela ocasião em que eu liguei e que você supostamente estava dopado com todos os tranquilizantes do mundo, comecei a suspeitar de alguma coisa. Isso se tornou ainda mais evidente quando você não respondia aos meus e-mails. Só poderia ser – como hoje tenho a mais absoluta convicção – um mal-entendido quase rocambolesco, a típica história mal explicada construída por alguém profundamente mal-intencionado, alguém (a sua filha, afinal) que tinha interesse no ruído, na notícia falsa, no testemunho arrevesado.

Pois então, quando voltei daquele congresso na Espanha, naquela mesma ocasião em que tivemos nossa áspera – para não dizer enfurecida – conversa, uma conversa toda construída sobre pilares falsos (embora a gente nem desconfiasse), eu estava decidido a expulsá-la de casa. O que ela fez a nós dois não merecia perdão. Eu pretendia enxotá-la como uma rata. Quando cheguei, porém, ela não estava mais. Deixara um bilhete sucinto e sem grandes floreios:

Saí, não pretendo voltar, acabei pegando aquela grana que você havia guardado para a nossa viagem a Nova York, deixei a chave do carro e o celular em cima da mesa da cozinha. NÃO SE PREOCUPE.

"Não se preocupe": ela nem sequer havia assinado o próprio nome no bilhete de despedida. Foram dias meio estranhos aqueles da minha chegada, quando a fúria que eu cozinhava dentro de mim desde o voo da Iberia que me levava de volta ao Canadá se transformou, como se por uma reação química, em algo próximo ao sentimento de desamparo. Um metabolismo caprichoso. E, logo em seguida, em desespero masculino puro e simples. Durante dias fiquei lendo aquele bilhete, dando especial atenção ao "Não se preocupe", como se tudo se tratasse de uma charada amorosa, uma dessas peças que os amantes costumam pregar um no outro, o tipo de artifício que poderia estar em alguma comédia shakespeariana, talvez, com suas brigas e reconciliações. Assim que me recuperei um pouco do choque, telefonei para a amiga dela, a mulher do meu amigo patologista. Foi ele que atendeu, disse que sabia o que estava acontecendo, que era meu amigo, devíamos sair para encher a cara, toda essa conversa previsível. Eu agradeci, mas disse que precisava falar com a esposa dele. Ele fez um comentário qualquer que eu não entendi e por isso ignorei, e então ela veio falar comigo ao telefone. Antes que eu pudesse começar, já foi dizendo que tinha nojo de mim, que a história toda era a coisa mais sórdida que ela já tinha visto. E desligou o telefone. Eu fiquei meio apático com todos esses acontecimentos, e, talvez por algum tipo de reação instintiva, voltei à rotina na universidade. Desnecessário dizer que meu amigo patologista sumiu do mapa.

Uma ocasião, cerca de dois ou três meses mais tarde, dirigindo por uma estrada a caminho de Toronto, parei para comer alguma coisa em um *diner* caindo aos pedaços, Tommy's (seria uma homenagem à ópera-rock do The Who de que você tanto gosta? Acho improvável...). Fiz o pedido e a garçonete, percebendo meu sotaque, perguntou se eu era carioca. "Tive um namorado carioca", me disse, e eu respondi que era brasileiro mas não carioca, que só aquele que vem do Rio de Janeiro pode ser chamado assim. Ela insistia no "carioca"; e até agora penso que esse, para ela, era o gentílico usado para designar todos os brasileiros. Ela disse que algumas semanas antes uma outra "carioca" estivera lá à procura de emprego. Era jovem (mais ou menos 20 anos), magra e tinha o cabelo curto. A descrição batia com a dela, nem preciso me alongar mais. Isso me pôs em parafuso, pois eu poderia jurar que ela voltara ao Brasil, afinal o dinheiro que levou não era pouco, dava para comprar uma passagem até São Paulo. Sei que depois disso vaguei com o meu carro durante dias, parando em todas as bibocas possíveis, sempre cuidando para ver se a encontrava em *diners*, postos de gasolina, hotéis de beira de estrada, toda essa paisagem que é praticamente igual em qualquer parte do mundo, o *kitsch* supremo do século XX, com seus letreiros luminosos, logotipos, nomes com apóstrofos e uma gente tristíssima engolindo café com algum tipo de grude qualquer. Tudo parecia um delírio, quem me visse pensaria que eu estava chapado dentro do carro. Cheguei a cogitar atravessar o país inteiro, chegando até Vancouver. O que eu diria, porém, se a encontrasse – haveria ódio ou amor nas minhas palavras?

Ela não está com você, está? Quero crer que não. Toda essa mentira deve cobrar um preço alto, e nem mesmo o pai mais amoroso poderia receber de braços abertos a autora de uma história tão suja. Espero não estar sendo excessivamente maniqueísta. Ou estou?

Não sei. Fico pensando se você, mesmo sabendo de todas essas peripécias, mentiras e especulações, poderia estar experimentando uma espécie de *schadenfreude*. O sujeito que (supostamente) ajudou sua filha a abandoná-lo, o canalha que estava de olho nela desde que ela tinha 14 anos e que de certa forma a "raptou" para o Canadá pouco tempo depois da morte da sua esposa, agora também vive à deriva, abandonado no longo inverno do Hemisfério Norte. Porque, convenhamos, isso é pura *schadenfreude*, a alegria destemperada pela qual somos tomados diante da tragédia alheia. Você lembra como os alemães costumam se pronunciar sobre o assunto? Foi você quem me ensinou. É mais ou menos assim: *schadenfreude é a alegria mais bela, porque é sincera*. Tenho a mais absoluta convicção de que, fossem outras as circunstâncias (e evidentemente se não estivéssemos tratando do desaparecimento daquela mentirosa da sua filha depois de uma série de invenções ultrajantes), eu conseguiria ouvir daqui, ressoando entre os milhares de quilômetros que me separam de você nesse momento, a sua imensa gargalhada.

Fontini

Basta dizer que sou César Fontini, o "Índio", artista plásti-co e ex-militante do Partido Comunista do Brasil em autoexí-lio voluntário em São Borja. Vivo aqui com o Negro, que me faz companhia há quase trinta anos e já se habituou a escutar meu palavreado dias e noites sem parar. Que faço aqui? Como vim parar justo na fronteira com a Argentina, esse ce-nário de forte apache em que, nas tardes de verão, o pó das ruas levanta e forma redemoinhos na calçada, entope os pul-mões das crianças e dos velhos e a tudo fornece um aspecto de deserto sem os benefícios da miragem? Obrigado pelo interes-se, pela atenção e pelas últimas fofocas artísticas de Rio e São Paulo. Porém já estou habituado ao silêncio e à falta de notí-cias. O Negro quase não fala. Não temos nenhum tipo de afi-nidade, se é que me faço claro. No dia em que resolvi buscar o exílio aqui (em 1979, em plena Anistia), ele apareceu na hora da partida na rodoviária de Porto Alegre e disse que me acom-panharia. Havíamos travado conhecimento brevemente quando eu ainda estava na célula paulista do Partido e o Ne-gro era um dos nossos melhores (e talvez o único, para falar a verdade) contatos na Repressão. Já nessa época ele quase não falava. Era útil e silencioso, não pedia muita coisa em troca e parecia não temer as consequências (que, a rigor, seriam nefastas) caso seu papel ambíguo, de agente duplo, fosse descoberto por alguns de seus colegas. Penso até que algum deles descobriu e por isso o Negro apareceu naquela tarde abafada de dezembro na rodoviária de Porto Alegre. Também pode ser outra coisa, inexplicável, impossível de abordar, um buraco espesso demais para quem acha que se aproxima muito de qualquer razão para atos como os do Negro. Ele se fez invisível e pronto. Eu já havia parcialmente mergulhado no esquecimento como artista plástico, derrotado por algumas nulidades que, embora dessem entrevistas fustigando o Regime, continuavam a receber os grandes industriais e os políticos que financiaram o Golpe em suas exposições e no patrocínio de seus catálogos. Isso hoje soa a ressentimento. Para jovens como você, habituados à liberdade e às novas regras do mercado, na certa eu devo parecer um desses velhos artistas amargurados que disfarçam o malogro e a sensação de ter sido superado com altivez e discurso furibundo. Eu digo isso e olho para o Negro e já adivinho o que ele está matutando. O Negro pensa que eu deveria delatar todas essas nulidades que compactuaram com o Regime, delatá-los todos em alguma obra de arte nova e provocadora, talvez uma imensa *Guernica* com os nomes dos artistas e seus financiadores, com suas caricaturas, suas caras, seus instrumentos de tortura e suas gravatas todas estampadas na tela. Mas eu digo para o Negro, aí eu deixaria de fazer arte, aí seria panfleto. Não tenho ideia se o Negro compreende a diferença entre arte e panfleto, entre imaginação e denúncia. Pode ser que sim. Não tenho como saber. O Negro acorda cedo, antes das 5h ele já está de pé arrumando as coisas e esquentando a água para o meu chimarrão. Eu acordo um pouco mais tarde, lá pelas 5h30, sorvo o mate e ando alguns passos rumo ao ateliê, aqui do lado da casa. Daqui a pouco eu levo você até lá. Não se impressione com a desordem e o aspecto rústico do local. Antigamente o ateliê guardava as tralhas dos antigos moradores desta terra. Gente que nasceu e morreu aqui, trabalhando na terra, criando gado e indo algumas vezes por semana até o centro da cidade para comprar fumo, mate e alguma outra coisa. Hoje meu ateliê é onde passo a maior parte dos meus dias, há quase trinta anos. Porém desisti de mostrar meu trabalho, cansei de catalogar, telefonar para a galeria em São Paulo, ensaiar aquela simpatia *blasé* de quem abre uma exposição. Parei com essa vida desde que me exilei aqui. E olha que, até poucos anos atrás, ainda aparecia aqui algum enviado das galerias, gente moça como você, que começa como uma espécie de ajudante de ordens do mercado paulista ou carioca visitando os velhos artistas, conferindo se eles mantêm algum quinhão de sua vitalidade criativa, se estão com as ideias no lugar e se não desmiolaram de vez afogados no álcool ou na lembrança. O Negro é testemunha de quantos desses tipinhos petulantes eu fui capaz de despachar correndo daqui nesses quase trinta anos. Até que um dia, cansados ou esquecidos do meu nome, pararam de aparecer nas redondezas. Teve um desses enviados, uma jovem, na verdade, e muito articulada e bastante atraente, que quase me levou na conversa com seu papo sobre a reavaliação que meu trabalho vinha sofrendo em setores da crítica. Era bonitinha, a danada. Passou algumas noites de outubro aqui, desnuda e lépida, deitando-se ora comigo, ora com o Negro. Ela e esses dois velhos exilados. E o Negro tinha me avisado que um dia eu iria receber alguém assim. Eu costumava dizer para o Negro, nessa armadilha eu não caio mais, pensava. Caímos os dois. Mas ela foi cansando a minha paciência. Vinha chegando sempre com um discursinho melífluo, um discurso pronto sobre a necessidade de eu deixá-la ver minha produção mais recente, catalogar meu trabalho e levá-lo para expor em São Paulo. Ficou alguns dias nessa função, à noite, depois de abrir as pernas para mim e depois de abrir as pernas para o Negro. Falava dos anos 60 como se os tivesse vivido. Perguntava sobre outros artistas do período, os cineastas, os paus-d'água, as bichas e os reacionários. Tinha sempre uma observação histórica para fazer. Claro que não ousou vírgula disso diante do Negro, ele seria capaz de fazer alguma coisa muito séria com ela. Ou não mais. O Negro é um sujeito pacificado, seu silêncio denuncia isso. Ao fim e ao cabo de alguns dias, cansado dela e de suas perguntas, já cheio de dormir com ela, comprei-lhe a passagem para Porto Alegre e disse que deveria pegar o primeiro avião na direção de São Paulo. Tentou insistir, mas olhou para minha cara de seriedade, e mais ainda, viu o olhar cansado do Negro e não insistiu muito. Foi quase sem um ai. Nunca mais deu notícias, melhor assim, pensei. Ao contrário de alguns acadêmicos que estudam a minha arte e ficam entupindo minha caixa postal com pedidos de entrevista para suas teses. Pelo menos não aparecem por aqui, até hoje nenhum desses acadêmicos veio dar com os costados por essas bandas. Gente que me cansa mas que não perde a viagem. Pessoas aprisionadas às mesmas questões que já pareciam esgotadas há mais de trinta anos, aos debates sobre a autonomia da arte, as injunções políticas da minha produção daquele período, uns tipos que ainda hoje, tanto tempo depois, me relacionam a nomes que costumam provocar arrepios na minha espinha. Isso já era assim na época, antes de eu cair na clandestinidade. De certa forma, a clandestinidade pode ter sido a melhor resposta que eu poderia dar àqueles que compravam minhas obras e aos estudiosos da minha produção. Subterrâneo, com nome falso, morando em quartinhos alugados em modestos sobrados na periferia de São Paulo, fingindo ora ser um retirante, ora um sujeito cuja postura não dava muito abertura para se especular sobre o passado, fui vivendo assim na clandestinidade. Armava encontros com companheiros de luta, debatíamos, promovíamos alguma ação e depois eu ia para outro bairro popular, com outra identidade e outra nova e reticente história pessoal. Não produzi absolutamente nada durante todo esse período. Apesar disso, e dos outros pesares, foi um tempo de controlada felicidade. Não sei se com o Negro foi a mesma coisa, é bem provável que não, porque ele continuou sendo o que já era, trabalhando naquilo para que fora preparado um dia, só escapando aqui e ali para fornecer algumas informações preciosas para seus contatos na clandestinidade. O fato é que eu tinha consciência de que os melhores anos da minha vida já haviam passado. Depois de anos como 64 e 65 tudo poderia ser considerado morno. Aqueles dois anos foram centrais. Eu havia levado minhas obras para a Documenta de Kassel, conheci Kiefer, Beuys (que a terra lhe tenha sido leve!) e muitos outros que eu apenas tinha como referência nas revistas especializadas que eu pedia aos que viajavam para os Estados Unidos e para a Europa que me trouxessem. O melhor de todos esses contatos da nata artística europeia foi Masterlang, o quase clandestino, o expressionista abstrato que mais tarde iria compor as fileiras do Baader-Meinhof e desaparecer para sempre, louco com sua nova identidade ou mesmo morto durante uma ação. Lembro que me convidou para passar uns dias em seu ateliê ali mesmo nos arredores de Kassel, um prédio de três andares dividido entre sua casa (apenas um dormitório e um bar), a biblioteca e o ateliê. Tínhamos praticamente a mesma idade. Era um homem de posses, pertencia a uma velha família burguesa possuidora de moinhos de farinha e outros negócios. Masterlang era gentil, sábio e equilibrado para um artista de sua categoria, o que muitas vezes é mesmo incomum dado o nível de excentricidade geral, mas quando bebia era simplesmente aterrador, punha-se a fazer troça de todos (sobretudo de Beuys e de um escultor peruano conhecido de todos), tornava-se extremamente violento. Eu mesmo senti uma vez a força desesperante de um de seus porres. Havíamos passado a noite jogando pôquer com outros dois rapazes que mexiam com cinema, uma daquelas noites quase infinitas de carteado, uísque e cigarros, e Masterlang resolveu enveredar por um debate meio bizantino sobre Godard. Um dos rapazes foi irônico ou apenas raso, e Masterlang virou o diabo, pegou um punhal e quis ferir o jovem cineasta. Precisamos de dois para amansá-lo. Umas vinte horas mais tarde, refeito do porre, Masterlang era o mesmo gentil e cordato filho de burgueses que todos se habituaram a admirar. Repito: eram meus anos de ouro, o período mais enriquecedor da minha vida. E como éramos jovens! Viajei algumas semanas entre a Alemanha e a Itália, estive em Florença, depois peguei o avião de volta em Paris, onde passei dois dias sem ter onde dormir, apenas cochilando em algum banco de praça entre cada visita aos museus. Foi a última vez que saí do Brasil, excetuando-se as poucas viagens que fiz até a Argentina, breves jornadas para tentar restabelecer contato com uns poucos companheiros da clandestinidade, viagens em que o Negro me acompanhou, me serviu de apoio necessário, inclusive porque numa dessas idas a Buenos Aires descobri que a Rosa havia sido morta quase na mesma época em que me exilei aqui em São Borja. A Rosa pertencera a uma minúscula organização cujo nome caiu em completo esquecimento. Havíamos sido namorados durante um curto período, e ela sairia do Brasil assim que todos os membros do seu grupo fossem aniquilados. Ficamos sem contato durante anos, até que um dia, lendo uma reportagem sobre a Anistia, havia a notícia de que a Rosa poderia ter se exilado na Argentina. Eu e o Negro seguimos então para Buenos Aires, mas logo o meu primeiro contato fizera a revelação: a Rosa havia sido sequestrada pela Operação Condor e desaparecera para sempre. Provavelmente atirada ao mar, como tantos outros. Voltei com o Negro para cá e nunca mais tentei retomar contato com antigos companheiros. Tempos depois, não lembro se foi durante as

Diretas ou mais tarde, soube que a Rosa estivera grávida durante o tempo em que andamos juntos. Isso me exasperou o suficiente para uma nova jornada em arquivos portenhos, conversas de portão nos arredores do bairro de Flores, o diabo, a angústia, o temor e novamente a exasperação. A Rosa esteve grávida. O Negro sempre ao meu lado. Ele quase não fala mais, e muito menos falaria castelhano nessas idas à Argentina, mas apenas sua presença ao meu lado era algo consolador para mim e tenho certeza de que aterrorizante para qualquer espécie de interlocutor que cogitasse nos engambelar. Conversei com Daniel, um jovenzinho que estudava história, ou sociologia, na faculdade, inteligente e bom pesquisador, ele me levou até uma velha em Flores, uma mulher que durante aqueles anos todos conheceu vários brasileiros foragidos. Cega, paralítica e vivendo na penúria. Muitos papéis, jornais, garrafas, tudo acumulado dentro de casa, um fedor que quase me fez desistir de conversar com ela. Uma louca meio catatônica, sobrevivendo não sei como nem por quê. No fim ela não quis falar comigo, o que deixou o jovem Daniel completamente puto com a encenação toda. Eles falaram em romeno algumas coisas, as palavras suaves terminavam a frase parecendo um grito, ao mesmo tempo havia algo de artificial, era um discurso que em certos momentos poderia soar como a conversa entre dois autômatos que tivessem sido programados em latim. Daniel a cada instante ficava mais puto com a velha, o Negro estava lá fora vigiando a porta do casebre, e a velha cega e paralítica tagarelando em castelhano e romeno incessantemente, sem por isso falar alguma coisa que prestasse, de tudo o que consegui captar. O que ela dizia em castelhano era inútil, e em romeno me parecia mais gratuito ainda. Nenhuma informação aproveitável. As palavras para ela pareciam ter o mesmo valor que os papéis, os jornais velhos e as garrafas, um amontoado de lixo, mera acumulação maníaca e sem sentido. A cara do Daniel era de raiva e de espanto, às vezes de desamparo, principalmente quando se voltava para mim, como que se justificando. A certa altura ele se aproximou de mim e disse: Esta velha está morrendo, o discurso dela é de alguém que agoniza, esta velha é uma metáfora, é meu país. Confesso que achei um exagero, uma dessas imagens que os jovens inteligentes adoram fazer, reduzindo tudo nas artes, na política e nos costumes a metáforas que supostamente decifram a vida à nossa volta. Estou farto de metáforas. Disse isso ao Daniel, estou farto de metáforas, o que o deixou mais puto ainda com a velha, chamando-a de mitômana e fedorenta, em vez de ficar puto comigo, na verdade. Saí do casebre sem saber para onde ir. O Negro, que na época ainda fumava, atravessou a rua para comprar um pacote de mata-rato argentino, pegou o carro e voltamos para São Borja naquele momento, afinal não estávamos em hotéis, dormíamos mesmo umas poucas horas dentro do carro, não havia sentido em prolongar nossa busca entre jovens que abusam de metáforas e velhas cegas e paralíticas que vivem em meio ao lixo. Foi durante essa viagem de volta que sofremos o acidente. Já estávamos quase chegando a São Borja, aqui perto do acesso, quando uma caminhonete foi ultrapassar um caminhão e acabou se chocando contra o nosso carro. Não me machuquei muito, por alguma razão naquele momento eu fui poupado, ao contrário do Negro, que se feriu bastante e teve que suportar um penoso tratamento fisioterápico. Por isso que, é claro que você já deve ter reparado, o Negro caminha tão devagar. Anda nesse passinho que é para não mostrar que tem problema de locomoção, fosse outro sujeito ele já estaria mancando, à espera da piedade alheia. Ou do bote. O Negro não tolera demonstrar fragilidade, para ele seria o fim, é evidente que homens como ele são como esses leões velhos, ao menor sinal de fraqueza perdem o lugar para os mais jovens ou são dilacerados por algum rival esperto. Na natureza é assim, aqui é assim, perceba. Isso ainda acontece aqui. Você está aqui, isso é o suficiente para entender um bocado de coisas e desconfiar de outras tantas. O mormaço aqui, a poeira, o vazio, tudo isso tem significado. O nome disso tudo eu não faço a mínima ideia. Não há. Ou, se houver, é impronunciável. Aquele que está perto do fim não deve se trair, aquele que desce a ladeira tem que ir de bico fechado. Ou estraga tudo. Isso já é um tipo de arte. Isso é o que deve ter ocupado os últimos dias de Masterlang. Tente perguntar ao Negro. Mas faça isso amanhã, antes de ir embora.

Um mês especial

5 de março

Chama-se Álvaro e já passou dos 30 anos. Aliás, é como se fosse pouco mais que um recém-nascido. Já faz mais de uma década que seus pais o deixaram na clínica, com algum pesar, imagino. No caso de Álvaro, apenas choro e abandono. O resto — aquilo que uns chamam de vida real, outros de fatos — lhe é totalmente ininteligível. Desprovido de linguagem, ele às vezes chora para impor alguma vontade ou transmitir suas sensações (fome, sono, cansaço). Fosse um gatinho, ele miaria. Mas é, ao menos fisicamente, e apenas numa primeira observação, um adulto desfrutando do maior período de preguiça de sua vida. Atirado na cama para sempre. Um homem que já atravessou três décadas entre fraldões, mamadeiras e um tipo muito especial de solidão. Às vezes, enquanto aparo a sua barba, penso naqueles que mofam em prisões, acusados injustamente de algum crime que não cometeram, penso em algum pobre-diabo que entrou em coma depois de um acidente automobilístico, penso em todos aqueles que nem sequer conseguem comunicar a própria dor aos outros e acabam escolhendo o caminho do suicídio. Concluo que Álvaro é bem menos afortunado do que todos eles juntos, afinal.

6 de março

É a primeira vez que mantenho um diário, não sei se é bom ou ruim, apenas acho importante registrar algumas coisas, em primeiro lugar meu trabalho junto ao 092.

Há uma estranha sensação dentro de mim. Não sei definir, apenas sinto que preciso deixar algum registro.

7 de março

Dia estranho. Álvaro amanhece subitamente mais velho. Melhor dizendo: com o ar de alguém envelhecido, alguém que atravessou consciente a vida e por isso mesmo ostenta uma coleção de rugas e marcas de expressão. Não é o seu caso.

12 de março

Foram dias difíceis. Álvaro ainda está com uma bruta de uma infecção. Aliás o garoto recebeu, pela primeira vez em todos esses anos, uma visita. Era uma senhora muito velha, muito alquebrada, nem gorda nem magra. Bem velha, e só. Identificou-se como parente distante de uma tia, ou coisa que o valha. Não convenceu muito, a bem da verdade. Fiquei pensando se não era a mãe de Álvaro. Tinha alguma coisa nela que lembrava os traços dele. Acabei deixando esse enigma sem resposta.

13 de março

Álvaro permanece na mesma. A infecção foi debelada, enfim. Comentando sua história com um colega mais novo, fico sabendo que a senhora que veio visitá-lo é uma irmã de caridade. Minha teoria estava furada, portanto. Mas que a danada parecia a mãe dele, ah isso ela parecia! O colega também disse que ouviu rumores de que Álvaro será removido para outra clínica, bem distante daqui, uma instituição de que nunca ouvi falar. Perguntei-lhe se a transferência tem alguma relação com a visita da (suposta) freira. Não soube responder.

16 de março

O fato de eu ser funcionário da clínica desde mais ou menos a época em que Álvaro foi jogado aqui pelos pais não me garante nenhuma vantagem especial junto ao interno (é assim que eles chamam os aleijados e retardados, os que ficaram idiotas depois de uma *overdose* ou os que nunca tiveram a chance de entender o que se passa com eles) número 092. Não tenho memória do dia exato em que o deixaram aqui, lembro apenas que numa manhã invernal, tendo sido designado para cuidar dele, passei a acompanhar de perto seus dias e noites (no caso dos plantões em épocas de resfriados e outras moléstias) indistintos.

Nesse tempo todo, Álvaro mudou pouco. Enquanto no mundo lá fora eu conhecia minha futura esposa, casava e depois me separava, a União Soviética desaparecia e tantas outras coisas miúdas ou grandiosas aconteciam todo o tempo em todos os lugares, Álvaro permanecia em sua órbita particular. Um dia, olhando durante horas para ele, fiquei fantasiando que ele era como Iúri Gagárin, solto no espaço, contemplando a Terra bem de longe. Eu sou o nosso ínfimo planeta, ele está em órbita, sem nunca conseguir voltar. Em seguida me dei conta de que ele nem sequer foi para algum lugar. Talvez Álvaro nunca tenha nascido de fato.

17 de março

Chego à clínica e vejo uma movimentação diferente. Meu colega mais novo se aproxima e diz que o diretor está me procurando. Estranho a coisa toda, afinal estou chegando no meu horário de plantão, nem um minuto a mais. Vou até a sala do diretor e ele não está lá. A secretária diz que ele está na área atrás da clínica onde há um estacionamento para carros dos parentes do internos e para ambulâncias. Chego ao local e o diretor está conversando com um sujeito de jaleco, mas fica evidente que não se trata de um médico. Deve ser um colega meu de outra clínica. O diretor segura no meu braço e diz que logo vai ter comigo, mas que é para eu sair dali o mais rápido possível. Obedeço, e com uma sensação meio estranha vou cuidar de Álvaro, que me recebe do mesmo jeito de sempre: quieto e com o olhar vazio.

Coisas estranhas parecem estar acontecendo por aqui. Confesso que, quando fui até os fundos da clínica, imaginava que Álvaro estaria sendo removido para o novo destino. Eu já estava preparado para me defrontar com o pior, inclusive ter que tomar alguma medida mais veemente para descobrir que tipo de clínica é esta e por que o 092 estaria sendo removido. E o porque de tanta pressa. Tudo muito estranho, de qualquer maneira. O diretor não veio falar comigo o dia todo, e além disso vi de novo a senhora que esteve aqui há poucos dias. Eu a vi, mas ela, ao que parece, não me viu ou não quis ver. Estava saindo do quarto de Álvaro quando eu me encontrava no corredor. Estava com o passo mais rápido, eu diria que quase vigoroso. Ainda tentei interpelá-la, falando alto (mas não muito), irmã!, irmã!. Nem sequer olhou para trás. É óbvio que ela deve ter escutado.

18 de março

Acordo com o telefone tocando. Meio zonzo ainda, vou atender. É alguém que diz ser da clínica, mas que não se identifica. Sotaque estrangeiro. Não imagino quem seja. Diz que é para eu ficar em casa hoje, que fui contemplado com um dia de folga. Pergunto sobre quem ficará no meu lugar cuidando do 092, pois sozinho é que ele não pode ficar. A ligação cai. Quando ligo para a clínica, me informam que ninguém havia ligado para minha casa e que meu dia de trabalho está assegurado, mas se eu quiser uma dispensa preciso avisar a direção com alguma antecedência. Tento explicar que não, eu não estou pedindo nenhum dia de folga, mas vejo que a discussão se encaminha para um pequeno bate-boca. Dou cabo da conversa dizendo que provavelmente sonhei com aquilo tudo e portanto devo me desculpar. Desligo o telefone com uma azia. Preparo meu almoço, tomo um banho e parto em direção à clínica.

19 de março

Álvaro está no segundo dia sem defecar. Como medida emergencial, ministro-lhe umas massagens abdominais e o levo para a lavagem. Enfim a coisa toda desce. Um pouco de sangue e uma gosma indefinível, meio amarelada, aparecem no meio das fezes. Caso para consultar o médico.

20 de março

Minha ex-mulher aparece na clínica à hora de minha saída. Está mais magra, parece mais bonita, tem os cabelos tingidos de louro. Sorri para mim. Distraído, quase não a reconheço na hora. Ela pede para eu entrar no carro, que deseja conversar comigo. Pergunta se estou feliz, se meu trabalho está satisfatório, se eu desejo uma carona até a minha casa. Respondo ao pequeno inquérito com prazer, mas agradeço a carona. Prefiro voltar a pé, digo. Despedimo-nos com alguma cordialidade. Quando estou saindo do carro ela pousa a mão

no meu ombro e diz que está indo embora do país. Fico ator-
doado. Não por algum resquício de amor, mas pela forma
como me diz a coisa toda. Parece alguém que está fugindo de
algo. Com os olhos marejados, alega não poder falar mais
nada, que entrará em contato assim que tiver um paradeiro
fixo. Conseguiu estragar meu dia.

22 de março

Domingo de plantão. Não há água na clínica, o que parece extremamente grave. O supervisor não é encontrado nem
no telefone celular. No desespero, nós, funcionários, nos
cotizamos e mandamos vir uns galões enormes de água mineral. É muito difícil trabalhar nessas condições. Uma colega
mais aguerrida diz que vai preparar um manifesto em nome
de todos, que não é possível cuidar dos internos sem dispor do
básico etc. Confesso que toda essa mobilização às vezes me
cansa, por mais justa que seja. Não sei, no fundo se trata de
trabalhar da melhor forma possível, driblando aqui e ali algum obstáculo maior. O resto é política.

Álvaro parece bem. Nenhum problema aparente. Deve
estar melhor do que eu, pois ando me sentindo miserável nesses últimos dias.

23 de março

Dia de folga. Será que o colega que está cuidando do Álvaro tem o mesmo tipo de relação que eu mantenho com o
garoto?

24 de março

Álvaro parece ter perdido peso, o que na sua atual condição é coisa para ficar de olho. Um interno, cadeirante, aparece de surpresa no quarto. Não o conheço. Pergunto seu nome, ele não parece entender minhas palavras, procuro então saber o seu número, não apresenta nenhum tipo de identificação. Segundo mistério do dia.

Logo aparece um colega, que conduz o interno para fora do quarto. Quando termino minhas coisas com Álvaro, vou atrás desse colega. Estou curioso para saber de quem se trata. Encontro o colega na saída do banheiro. Ele diz que o cadeirante não está na clínica, mas que se trata do irmão de um interno, o 054, um caso grave de paralisia cerebral. Quando a conversa acaba, fico pensando no destino desses dois irmãos.

25 de março

Não há dúvida de que estou atravessando um período difícil. Minha ex-mulher telefonou, está na Itália, casou-se com um italiano, não pretende mais voltar. Diz que está feliz. Eu termino a ligação dizendo que também estou feliz, que afinal encontrei uma companheira, uma mulher bastante amorosa que cuida de mim. Nem eu consigo acreditar muito nessa farsa.

26 de março

Cadê Álvaro? Cadê Álvaro? Cadê Álvaro? Faço a pergunta incontáveis vezes pelos corredores da clínica. Ninguém sabe responder. O supervisor diz que não é assunto para mim, eu quase lhe digo umas verdades, mas antes resolvo descobrir o paradeiro do garoto. Meio que por instinto, corro até os fundos da clínica, ali pode estar a ambulância que levará o 092 para o novo destino. Esbaforido, com o coração disparado, chego ao local, mas nada encontro.

Vou até a sala do diretor. Ele não volta mais hoje. Absolutamente ninguém dentro da clínica sabe do Álvaro. A única resposta mais ou menos completa que recebo vem de uma menina da limpeza. Ela viu um dos internos saindo normalmente da clínica hoje bem cedo, caminhando com as próprias pernas. É óbvio que não se trata de Álvaro, mas de algum interno da ala psiquiátrica que resolveu dar um passeio pelo quarteirão, fato rotineiro em alguns tipos de tratamentos químicos. Quando sentir fome, ele volta.

27 de março

Passei a madrugada toda na clínica, nem sombra do Álvaro, ninguém parece interessado nesse mistério. Às nove da manhã vejo o diretor, passos largos, indo para o escritório. Consigo alcançá-lo. Ele tem um ferimento no rosto, parece que levou um talho em uma das bochechas, está com os olhos injetados, parece alguém tomado pelo pavor. Praticamente me implora para eu deixá-lo em paz, que eu posso tirar uns dias de folga, mas que pelo amor de Deus eu não ficasse querendo saber sobre a política da clínica em relação aos internos. Não é da minha conta. Enquanto eu falava com ele, um dos seguranças veio para cima de mim e me levou até o pátio. Não usou força nem foi grosseiro. Também não esbocei nenhuma reação. Meu dia terminou ali.

28 de março

Meu crachá não funcionou na catraca eletrônica. Volto para casa. Durmo muito.

30 de março

Hoje vieram me buscar em casa. Estavam vestidos com roupas amarelas, máscaras, botas de borracha. Súbito, no meio da função toda, o telefone toca. É minha ex-mulher. Mas ela não quer falar comigo. Fala direto com o homem que a atendeu, um dos mascarados. Ele responde com monossílabos. Depois disso, pouco me lembro, porque certamente me deram alguma coisa para apagar.

31 de março

Álvaro parece bem. Atirado na cama, tem defecado com a frequência recomendada, não apresenta nenhum sinal de infecção, aparenta estar mais gordinho. A situação parece ideal:

sou o único a cuidar dele a partir de agora. Dia e noite. Foi o que me garantiram.

Hoje é minha última anotação neste diário. Disseram que não será mais preciso guardar estas memórias. Obedeço.

Uma fome

*Um homem pode pescar com o verme
que se alimentou de um rei e comer o
peixe que se alimentou do verme.*

Hamlet

Afinal, tu sempre tiveste a maior vocação para escritor solitário, escreveu-me R. no último e-mail que se dignou a enviar. Depois disso, o silêncio perpétuo. Era final de outubro de 2004. Eu estava prestes a embarcar para uma temporada em Porto Alegre, minha cidade natal, primeiras férias desde que, há dois anos, eu e R. havíamos passado alguns dias trepando e enchendo a cara em Ouro Preto, a cidade dos becos, das ladeiras e das igrejas mortas, belas e mortas, e a declaração dela havia me deixado completamente baratinado. Escritor solitário? Escritor solitário? Escritor solitário? Eu seria capaz de enunciar mil vezes essa expressão, e ainda assim ela iria parecer francamente destituída de sentido. A rigor, eu não era uma coisa nem outra. Escritor: bem, eu havia publicado um punhado de poemas na adolescência, mas posso dizer que abandonei a poesia aos 19 anos. Há certa solenidade em declarar "abandonei a poesia", mas, acreditem, eu o digo sem a menor sombra de pretensão. E claro que eu não era nenhum Rimbaud, devo assegurar. Tampouco fui à África comerciar armas e negros para depois morrer seco como um graveto, mil vezes estropiado, num leito de hospital. Depois, entre os 25 e os 30 anos encetei alguns textos teatrais, mas nenhum foi levado aos palcos, além de uma pequena ficção que resta inconclusa. Provavelmente para sempre. De forma que, se eu era um escritor, eu só poderia ter algum parentesco com o triste, malogrado personagem do conto "Escritor fracassado", de Roberto Arlt. (Arlt: um gordo que escrevia como magro. Lembrar disso, preciso me lembrar.) Ricardo Piglia escreveu que foi preciso usar um guindaste para retirar, através da janela do apartamento, o caixão com o corpo imenso do escritor. Mitos portenhos. O personagem de Arlt: pretenso literato que atravessa a vida sendo uma promessa das letras, mas que, para seu próprio horror, nunca passa de uma utopia. Patético, mudo, derrotado. Pois é assim que eu me vejo, como uma promessa, e uma promessa nunca cumprida. E solitário? Bem, nisso talvez R. tivesse alguma razão. Desde que terminamos, eu não havia conhecido mais ninguém. Tampouco escrevera uma linha sequer. Não que eu não tentasse ambas as coisas, ah, e como eu tentava, mas sempre num campo teórico, jamais tratando de ser prático. Preguiçoso como um gato gordo, essa foi a frase com a qual a mulher de um ex-amigo me definiu. Um gato mudo, sem miau, e ainda por cima dolorosamente castrado. Pois de uma forma ou de outra eu não conseguia levar a cabo nenhum relacionamento e nenhum texto. Às vezes acontecia de eu conhecer, na festa de algum colega da editora (até há pouco era editor assistente de literatura infantil num grande grupo editorial, passava os dias entre minhocas tagarelas, nuvens com formas humanas e fadas melancólicas), uma moça interessante. Trocávamos algumas palavras, dançávamos. Parece mentira, mas tenho muito mais orgulho dos meus dotes como dançarino do que como editor ou literato. Meus passos. Pegava seu telefone, ficava de ligar, mas é claro que eu nunca telefonava. E não sei por quê, para falar a verdade. Talvez porque o jogo todo, a sedução, não me fosse mais atraente. Não sei dizer. Ou essa minha mistura de orgulho e desamparo. Essa fome. E escrever, que é sempre tentar atrair a atenção de alguém, também já não parecia mais fazer muito sentido. Tenho 33 anos e sou baixinho, tendo ao atarracado, até há pouco era dono de umas manias, umas compulsões gastronômicas. Meu paladar é infantil. Sou filho único. Se pudesse, viveria apenas de pão, biscoito e chocolate. Mas sempre tive a ambição da magreza. E magro total. Metafisicamente magro. Literariamente magro. Como Kafka, como Beckett, como Graciliano. Seco, destituído de gordurinhas extras, leve a ponto de desaparecer. Já há algum tempo que venho tentando estabelecer as ligações entre magreza e literatura. Ou: magreza e boa literatura. Falo com o velho sobre isso. Penso muito na questão. Nem tanto quanto poderia, mas bastante para quem está assim como eu no momento. Tomo notas da minha memória, mas também do meu esquecimento. Não o faço por vaidade, posso declarar. Uma curiosidade incessante sobre o tema mais alguns devaneios pessoais me conduziram a tal empresa. Pois também não foi a vaidade que me levou a emagrecer quase 40 quilos nos últimos meses. Se foi, evito confessá-lo. Foi mais uma conjunção de acontecimentos. Querer emagrecer, para mim, se assemelhou a um convite irresistível à arte, como naquelas performances de *body art* ou como o personagem de "O artista da fome", o conto de Kafka. Transformar-me em pouco mais do que um saco de ossos pareceria o equivalente a escrever *Esperando Godot*. Ficar no essencial, depurar toda forma de excesso. Em jejum, num eterno Yom Kipur sem culpa nem perdão nem deus. Abstrato e fatal. Anoréxico no infinito. Rivalizar com o nada. Pois foi esse o princípio de tudo. Vejam: em muitas fotos de infância, sou aquele menino raquítico a quem o pediatra, espantado ("Nunca tinha visto um caso de raquitismo num lar de classe média"), havia recomendado judô, natação e vitaminas. Vejam: cá estou com 6 anos, fazendo pose de halterofilista, à beira da praia. O calção, presente da tia Helena, mal consegue cobrir o corpo magro, frágil arquitetura da infância. Vejam: é o dia em que os pais nos acompanham ao colégio para a celebração do Pessach, 1982. Eu tinha 10 anos, um cabelo de cogumelo, e as bochechas já denunciam os efeitos algo deletérios do judô, da natação, das vitaminas e do paladar infantil. Vejam: 1985, 13 anos, meu apelido era "Suíno" entre os colegas, eis uma foto do meu *bar mitzvah*. Nenhum comentário. Vejam: 1992, faculdade, eu tenho um ar saudável. Aos 20 anos, pareço até mesmo atlético. Vejam: 1999, uma foto tirada no casamento da minha prima. Estou, digamos, "cheinho". Contudo, no final de 2002 eu estava perigosamente gordo, como um dia Orson Welles foi capaz de se autodefinir. A balança oscilava entre os 78 e os 80 quilos. E eu não tenho mais de 1,65 metro. Sou baixinho, como declarei. Meu peso ideal, um médico me disse anteontem, é 60 quilos. Disse-lhe: 58 quilos é melhor, pois assim eu teria o peso de Raskólnikov. Duvido que tenha entendido. Ficou quieto, olhando-me com aquele olhar meio perdido de médico que não leu Dostoiévski. Vários tios e tias morreram em decorrência de complicações com o peso: diabetes, o inferno das doenças vasculares, o ataque cardíaco. Tia Raquel morreu aos 62, obesa mórbida. Tia Clara, que andava pra lá e pra cá com uma caixa de Amanditas dentro da bolsa, glicose beirando os trezentos, teve um ataque fulminante. Tia Fany, que operou o estômago, sofreu um AVC, ficou torta, tortinha, morreu meses depois, asfixiada no próprio vômito. As tias todas morreram. Era meu segundo ano em São Paulo, continuava mantendo o namoro com R., escrevia, às vezes febrilmente e durante largos períodos, as tais peças de teatro. Mas tudo me parecia insosso, frouxo, inepto. Minha prosa parecia gordurosa, era como um pastel de feira amarelado, recém-resgatado do mergulho no óleo fervente. Sumo paradoxo: já saindo frio, destituído daquele calor que nos faz tolerar o excesso de gordura saturada. Continuava a ser a tal promessa literária, recebia cartas de um poeta menor da minha cidade que me lambuzavam de elogios os mais disparatados, minha antiga orientadora do pós-graduação vivia falando de mim a seus pares naqueles congressos de teoria literária, meus pais devem ter morrido com a certeza de que seus esforços para me assegurar uma boa educação não haviam sido em vão. Tenho certeza de que minha querida mãezinha e meu adorável paizinho pensavam no meu futuro enquanto o Ford Fiesta deles capotava na estrada, a caminho do litoral. E que em meio às chamas, lá da ferragem retorcida, minha mãe tinha seus últimos momentos neste mundo rememorando minha formatura na faculdade de letras. Meu pai, o peito esmagado pelo volante, gastava suas últimas reservas de oxigênio e dizia, Sou pai de um poeta, sou pai de um poeta. Eu escrevia e vivia como um gordo. E a obsessão da magreza foi um estalo, apareceu de forma tão súbita e inescapável! E esse momento varreu todo o meu ser. Da noite para o dia só havia o pensamento da magreza, a contagem de calorias, as idas e vindas ao banheiro (muito laxante). O espelho parecia ter se tornado um aliado. Era estranho e, ainda hoje, parece quase inverossímil. Num piscar de olhos eu estava abdicando do pão, dos biscoitos e do chocolate. Comia frutas, contava suas calorias num bloquinho durante o dia. E caminhava febrilmente durante duas, três horas ou mais. Atravessava a região central da cidade. Praça João Mendes. Rua Maria Paula. Consolação. Maria Antônia. Avenida Higienópolis. Alameda Barros. Ou então: rua Jaguaribe. Rua do Arouche. Avenida São Luís. Rua Augusta. E algo aconteceu comigo. Foi numa de minha longas caminhadas, perdido no meio dessa gente. Eu já estava zanzando pelas ruas da zona central havia pelo menos duas horas. A cabeça doía um pouco, eu tentava a todo custo afastar o pensamento de uma refeição, que vinha e voltava a cada passo. Eu me lembrava de comida, esquecia, lembrava novamente. Comecei a ouvir melhor, ou pelo menos parecia que a audição estava mais apurada. Meus sentidos pareciam estar mais sintonizados com a realidade que me cercava. A magreza havia me deixado mais agudo. Foi então que comecei a escutar. Um velho passou por mim e disse: beterraba me provoca ânsia de vômito. Um casal passou por mim e o homem disse: comer todinha. Um japonês de meia-idade passou por mim e disse: derreteu. Uma menina passou por mim e disse: é o melhor sorvete que eu já. Um homem de aspecto triste passou por mim e disse: não sobrou migalha. Na frente de um bar um guarda passou por mim e disse: a carne toda. Uma velhinha muito alquebrada passou por mim e disse: a sopa rala. Diante do homenzinho verde do semáforo, um adolescente passou por mim e disse: engoliu. Na saída de um estacionamento, o homem dentro do carro passou por mim e disse: os doces. Uma mulher passou por mim e disse: não fechei a boca. Um homem ou mulher, não consegui identificar, passou por mim e disse: uma bolacha. Uma mulher muito gorda passou por mim e disse: só de gordura. E assim tudo o que se dizia tinha como assunto a comida. Todos pareciam encher a boca para falar do que estavam comendo. Era uma espécie de terrorismo. Julien Sorel chega a anunciar uma greve de fome ao desconfiar que teria que comer com os criados. A fome como política. Sorel adquirira a repulsa por comer lendo as *Confissões*, de Rousseau. Deixei de comparecer a um encontro mensal de literatos. Dois motivos. O primeiro é que o tal encontro é realizado num restaurante onde a *pièce de resistence* é uma feijoada. E eu estava me alimentando muito pouco, a cada semana restringia ainda mais a minha dieta. O segundo é que, despido das ambições literárias, não achava mais a menor graça naquele bando de poetas, prosadores e jornalistas que se engalfinham para mostrar, a cada encontro, como têm supostamente elevado o nível (medíocre, na maior parte) de sua arte. E falam "arte" de boca cheia: de pretensão e feijoada. Era o tédio, também. O velho também desistiu de tudo isso, desse circo todo. No final você se cansa desse mundo antigo, diz o velho, citando Apollinaire. Tudo é alusão. Preciso parar de ser alusivo. Perdido no meio dessa gente. É curioso observar que, a cada peso perdido, perdia também a vontade de ler, escrever ou urdir livros. Mas vinha o tema do ensaio. Tenho a impressão de que um de seus pilares teóricos é o aforismo de número 51 — meu peso há algumas semanas — de *Minima moralia*, de Adorno: "Nunca se deve ser mesquinho nos cortes... Faz parte da técnica de escrever ser capaz de renunciar até mesmo a pensamentos fecundos... Como à mesa, não se deve comer até os últimos bocados, nem beber até o fim." Eu pensava em roupas que se ajustariam à minha nova condição e se no dia seguinte faria sol para que eu pudesse zanzar entre as ruas do centro da cidade. Pensava também o quanto havia consumido, e o quanto a menos deveria consumir no dia seguinte. Chegava a contemplar o dia da inanição total. Como Gogol, que morreu sequinho, depois de semanas sem ingerir nenhum alimento e após anos de silêncio literário. Depois da segunda parte de *Almas mortas* (conta-nos Nabokov naquela biografia enxuta que ele escreveu na década de 1940, assim que desembarcou nos Estados Unidos. Nabokov: um russo que tendia ao gordo e que às vezes escrevia num inglês muito adocicado. Lembrar disso, preciso me lembrar), depois da segunda parte da sua obra-prima, Gogol, que se habituara a observar e a anotar os costumes do seu povo e atribuía a esse poder de observação sua suposta inspiração, se viu subitamente sem assunto. Tergiversava, empreendeu uma viagem ao Oriente, atravessava períodos de loucura e delírio. Mas não assumia a secura. Nas cartas, ele sempre dá a entender que estaria urdindo um novo e grandioso projeto literário. Nada. Enlouqueceu aos pouquinhos. E assim me isolava mais e mais. Ao mesmo tempo, não posso dizer que os elogios e observações de colegas e conhecidos ("Está mesmo elegante"; "Qual é o segredo dessa magreza?") não me afagassem o ego. Claro que sim. E o círculo se completava. Como que para corresponder às expectativas de magreza dos outros, eu mergulhava ainda mais no mundo do jejum. E havia esquecido por completo a literatura. Ou quase. Até hoje só consigo falar de literatura com o velho. Aliás, a única pessoa com quem converso ultimamente, fora o trá-lá-lá sem sentido que sou obrigado a simular, como um ventríloquo do departamento de RH, com as pessoas que trabalham na editora e eventualmente aparecem aqui para visitas, suas caras todas estranhamente iguais, bocas e olhos sempre no mesmo lugar, e como se movimentam suas bocas e seus olhos!, é mesmo o velho. Falo apenas com o velho. Mal abro a boca para falar com o médico, não digo um ai às enfermeiras. Nem punheta eu bato mais. O velho é magro, é quase um cadáver que respira. O velho quase não parece existir, tão leve se projetava na calçada quando a gente se encontrava para tomar um café e trocar umas palavras. Até hoje, quando aparece aqui, eu o admiro ao contemplar seu estado. Parece a cada dia mais roído por fora. Desconheço sua dieta. Preciso perguntar. Outra coisa para lembrar. Usa um jeans que dá a suas pernas a aparência de dois palitos prestes a se esfarelar. O velho comeu a mulher do Jango às vésperas do Golpe de 64 e hoje passa os dias lendo Saint-Hilaire com o auxílio de uma lupa enorme. Saint-Hilaire na província de São Paulo. A viagem de Saint-Hilaire pelo Rio Grande do Sul e pelo Prata. Saint-Hilaire para lá e para cá. Sempre em trânsito. Perdido no meio dessa gente. O velho costuma dizer que a ficção científica não existe como gênero na literatura brasileira porque as narrativas dos viajantes europeus do século XIX já estabeleceram o Brasil como um planeta à parte, um planeta fantástico, espécie de Marte com palmeiras, suçuaranas e tribos indígenas que comiam carne humana. O passado é nosso futuro, diz o velho, e a forma pela qual cada geração lê o passado é a verdadeira ficção do futuro. Logo, afirma o velho, é irrisório tentar criar um mundo fantástico sobre um outro mundo previamente criado, como é o Brasil nas páginas dos viajantes europeus. Não tenho certeza disso. Mas o velho fala com uma ênfase. Isso e mais a tendência realista, que tende à estreiteza, do colonizador português, explica o velho, misturando seu puro palpite com uma dose de imaginação sociológica. O velho me convence. As histórias do velho. O velho teve algum cargo na Casa Civil durante o governo Jango. Era amigo do Darcy Ribeiro. O velho havia sido trotskista na juventude, mas apesar disso se dava bem com o Darcy Ribeiro. Conta que os dois foram em parte responsáveis pela precariedade da Biblioteca Nacional, no Rio, durante um bom tempo. O velho diz que a Biblioteca Nacional tem (ou tinha) dois exemplares da Bíblia de Gutenberg. Os americanos souberam disso e ofereceram: em troca de um exemplar eles fariam um enorme prédio anexo para ampliar a Biblioteca Nacional, forneceriam toda a tecnologia de ponta da época (microfilme, suspeito) e transformariam a nossa biblioteca numa versão tropical da Biblioteca do Congresso, em Washington. O velho, que na época era quarentão, ex-trotskista e antiamericano, foi um dos que se opuseram ao escambo. Os primeiros índios em quinhentos anos de história que não aceitaram os espelhinhos do homem branco, caçoa o velho. Nada aconteceu. Nada feito. No deal. Aí veio abril, Jango não quis resistir e o velho foi para o Uruguai acompanhando a comitiva toda. E ele já tinha comido a mulher do Jango. O velho ficou dois anos no Uruguai ("bostando em Montevidéu e pastando na fazenda do Jango", como gosta de dizer), depois passou um tempo no Chile, depois na França e, num dia de março de 1974, desembarcou com nome falso no Brasil. Com o nome falso alugou um apartamento em Santa Cecília, num prédio que fazia esquina com a avenida Angélica. Viveu uns meses assim, livre e apócrifo. Até que um dia o descobriram. Até hoje ele não sabe como nem quem o delatou, se é que foi delatado. Livre e apócrifo. Levaram-no para ser interrogado num casarão, não nas dependências do Dops, tampouco na rua Tutoia, mas num palacete do Jardim Europa. A casa de um grande industrial, ele descobriu depois numa pesquisa que fez na época da Anistia. E lá passaram a noite enrabando o velho. Durante umas seis horas eles comeram o cu do velho. Depois, amarrado e vendado, largaram-no numa ruazinha da zona leste. E o velho voltou para casa, de ônibus, esfolado, mas sentindo-se um sobrevivente e um bem-aventurado. Além de comerem o cu nada de mau lhe fizeram. O que é estranho, convenhamos. Preciso arrancar mais informações do velho. Minha memória também falha. E o velho conta isso sem ficar envergonhado. Não altera a voz. Assim como gosta de falar sobre a única experiência sodomita de Gilberto Freyre, contada pelo próprio ao velho numa tarde asquerosa de Recife, no início da década de 1980. O velho tinha sido trotskista, fora enrabado por um bando de milicos, mas era amigo do Gilberto Freyre. O autor de *Casa-grande & senzala* esteve em Oxford na década de 1920 e lá resolveu dar o cu, conta o velho. Afinal, todo mundo dava e eu queria experimentar, contou Gilberto Freyre ao velho, que me contava essa história soltando um risinho abafado, áspero. E Gilberto Freyre deu mesmo, arremata o velho. As histórias do velho me bastam. Mas vira e mexe o velho fala na sodomia. Acho que suspeita algo de mim, penso que ele deve considerar que, como o que me acontece é bastante comum entre as lolitas, as púberes e as histéricas, e raro entre homens na faixa dos 30 e poucos anos, logo eu devo dar o rabo também. Não desminto o velho. Não tem sentido. Nunca entramos em assuntos muito pessoais, fora o verdadeiro *gang bang* a que o velho foi submetido, sodomizado pelos milicos num palacete, há mais de trinta anos. O velho já deixou escapar que recorreu aos préstimos dos michês que circulam nos arredores da praça da República. Disse que afinal tomou gosto. Ou imagino? Diz e dá aquela risadinha anêmica dele. O riso magro do velho. Há uma ironia histórica aqui. O velho pagando para ser enrabado na praça da República. Preciso fazer uma observação para o velho. Sei que ele vai gostar. É assim. Uma parte da história da República pode ser contada através das partes pudendas do velho. O enredo está contido no púbis republicano do velho. A pica do velho antes de 64, o rabo do velho durante a ditadura. O velho entrando e saindo da mulher do Jango. O rabo do velho sendo invadido pelos milicos. Não sinto necessidade de conversar com outras pessoas. Perdido no meio dessa gente. E também as outras pessoas sempre querem combinar encontros em restaurantes, bater papos em confeitarias, armar visitas em chás com bolo e biscoito. O velho se contenta com uma xícara de café sem açúcar. Eu coloco adoçante, quatro gotinhas equivalem ao dulçor de duas colherinhas de açúcar. Não posso fazer uma coisa destas, ir a jantares, feijoadas, churrascos, lanches, chás das cinco, coquetéis. A magreza não deixa. Sei que restringe minha vida, mas é isso mesmo que escolhi para mim, ora. Esta pele, estes ossos. Isso aqui é minha arte. Aqui mesmo, às vezes aparece alguma enfermeira trazendo qualquer coisa mastigável na mochila. O próprio cheiro já me basta, o aroma de um sanduíche. Lembrei, o velho costuma tomar *misoshiro*, aquela sopa japonesa. Diz, brincando, que o gosto é de água de aquário. O humor peculiar do velho. Mas me perco em outros caminhos. Concentração. Uma das consequências mais nefandas e menos visíveis da minha condição (que de resto tem sido bem conveniente) é o lento, gradual ocaso da memória. Pareço um velhinho desmemoriado. Eu me sinto meio desarticulado. Boiando no tédio. Deslocado, ilhado da minha memória e de tudo, a tralha e as coisas importantes que amealhei ao longo da minha vida, de tudo o que me alimentou, o que me nutriu e também a merda toda dentro de mim que eu sempre quis expelir. Tudo de repente ganhou um ar de brechó, ficou meio obsoleto, empoeirado. Como se eu estivesse vivendo minha morte há muito tempo, como alguém que narra um encontro com Kafka, o supremo magro, morto em 1924 e já uma lenda, já impalpável e quase apócrifo. De alusão em alusão. Perdido no meio dessa gente. O tema do encontro com Kafka. Apenas isso daria um novo ensaio, além do ensaio sobre a magreza, claro. Há sempre alguém na América Latina que conheceu alguém que conheceu alguém que conheceu Kafka. Lembrar disso, preciso me lembrar. Em fins de 1984, quando eu havia recém-descoberto Kafka (e, ao contrário da maioria dos leitores, que começam pela *Metamorfose*, tomei conhecimento do autor tcheco através da *Carta ao pai*), travei contato com Herbert Caro, o tradutor de Thomas Mann, Hermann Broch e Elias Canetti. Eu o vi pela primeira vez na sinagoga dos judeus-alemães, na época em que me preparava para meu *bar mitzvah*. Ele já devia ter quase uns 80 anos e havia sido um dos fundadores daquela sinagoga, ele e um bando de foragidos da Alemanha no final da década de 1930 que se estabeleceram no Sul do Brasil. Caro me viu lendo uma edição da *Carta ao pai* na escadaria da sinagoga, num final de tarde, em pleno verão. Deve ter pensado que eu era um pequeno farsante, um desses patifezinhos obesos de 12 ou 13 anos que gostam de aparecer diante dos mais velhos lendo obras que julgam ser de leitura adulta, a impostura contumaz de um desses jesus entre os doutores. Eu, claro, não era muito diferente desses tipos, mas realmente estava entrando em contato com um mundo completamente novo para mim. Quer dizer que a mágoa, o ressentimento, a culpa e a autopunição poderiam ser motivo para escrever um livro? Claro que não devo ter pensado a coisa toda nesses termos, mas eu estava absolutamente deslumbrado com aquilo tudo. Caro se aproximou de mim e disse: Está gostando da leitura? Estranho. Não consigo lembrar se ele falava com sotaque ou se já o havia perdido, uma vez que estava no Brasil havia quase cinquenta anos. Deve ser o efeito de suas traduções. Quando me lembro de Caro, só consigo escutá-lo falando como uma tradução do alemão. Eu, que ainda não sabia que estava diante de um tradutor reconhecido, respondi com educação, mas da forma mais prosaica possível: Estou, sim senhor. Ele abriu um sorriso e sumiu dentro da sinagoga. Alguns dias depois, e eu ainda estava lendo a *Carta ao pai* (ou relendo: às vezes acho que a li durante umas trinta vezes naquele final de ano), quando Caro novamente veio subindo a escadaria. Viu-me e disse: Quer ouvir uma história? Confesso que achei estranho o convite. Desde os meus 6 anos de idade que alguém não me convidava para ouvir uma história. O que será que ele iria contar? Balancei a cabeça sem muita convicção. Sim. Ele se aproximou. Num esforço que parecia letal, foi dobrando as pernas até conseguir sentar-se no mesmo degrau em que eu estava. Então me contou (a primeira de muitas vezes em que ele iria rememorar essa história, cada vez trazendo novos detalhes, ou pelo menos eu acreditava que a cada vez eu conseguia acreditar mais em suas palavras e em seus detalhes) como ele conheceu Franz Kafka em Berlim, na década de 1920. Foi num coquetel, disse, numa dessas festinhas regadas a álcool e a esnobismo literário em que a *inteligentsia* berlinense era pródiga. (Estou tentando me lembrar de uma das últimas vezes em que Caro me contou a história, porque da primeira vez a maioria das palavras estrangeiras, alusões e referências a nomes me escaparam completamente. E ele me contou essa história várias vezes até sua morte, em 1991.) Era o apartamento de alguém, que ele não lembrava mais quem era, um enorme apartamento repleto de livros e obras de arte, o melhor da literatura europeia e da arte de vanguarda. Naquela época Kafka estava morando em Berlim com Dora Diamant, a mulher que o havia arrancado da triste condição de escritor solitário, dizia Caro. Mas Caro não conseguia lembrar se Dora estava no tal coquetel. Não se recordava de ter visto Kafka acompanhado de uma mulher. Caro estava ali quase como um penetra (afinal, era um adolescente), pois havia sido convidado por Heinz Wolff, sobrinho do editor de Kafka, Kurt Wolff. Heinz sabia que o amigo gostava de conhecer escritores e o arrastou para aquele apartamento. Em todas as ocasiões em que desfiou essa história, Caro se apressava em me esclarecer: não era o dr. Kurt Wolff da sinagoga (havia de fato um homônimo entre nós, um outro imigrante judeu-alemão com o mesmo nome do homem que publicara alguns textos de Kafka), mas o editor que havia lançado A *metamorfose* e toda a novíssima literatura de língua alemã daquele período antes do colapso total, quando as vozes mais altas da cultura da Alemanha se dispersariam pelo mundo ou seriam brutalmente caladas, dizia Caro. Ele lembrava que de repente, de forma muito cuidadosa e polida, se aproximou dele e de Heinz (que iria fugir para Caracas durante a guerra e lá morreria após uma greve de fome que havia iniciado com o objetivo de chamar a atenção da humanidade inteira após receber as primeiras notícias sobre o confinamento e o extermínio de judeus em campos de concentração) um sujeito magrinho, vestido de preto dos pés à cabeça, um sujeitinho que parecia mesmo esquelético dentro daqueles trajes, um indivíduo que se movia com cuidado extremado pela sala repleta de autores, editores e os agregados de sempre do mundinho cultural daquela Berlim desaparecida, dizia Caro. Quando o sujeitinho magro estava mais próximo de Caro, apareceu então Kurt Wolff, tio de Heinz. Não o dr. Kurt da sinagoga. O Kurt Wolff de lá então apresentou Kafka a Caro e ao sobrinho, mas num tom de quem estava tolerando uma pequena contravenção adolescente, afinal não era para aqueles dois estarem no meio daquela reunião adulta. Foi a primeira vez que iria sentir-se um penetra, dizia Caro, e como ele iria sentir-se um penetra tantas vezes mais tarde! Esse é o dr. Kafka, de Praga, e é provável que vocês ainda o encontrem outras ocasiões aqui na cidade, disse Kurt Wolff, pois o dr. Kafka acabou de se estabelecer em Berlim. Caro não lembrava direito sobre o que então ele e

Kafka conversaram, se é que conversaram. Não era muito comum darem atenção a dois adolescentes. Apenas recordava como Kafka lhe parecia diferente dos outros adultos reunidos naquele apartamento enorme, era cortês, parecia saber escutar com atenção e falava baixinho, de maneira quase inaudível, num alemão de sotaque indescritível, o alemão de Praga, dizia Caro, e tinha um tom de voz que mais parecia uma folha muito fina de papel sendo rasgada, mas rasgada com esmero, carinho e desvelo, dizia Caro, a voz de alguém que devia acreditar que rasgar uma folha, deixar um pedaço, um fragmento de algo pode ser uma forma de atividade muito venerável. Mesmo assim, dizia Caro, a despeito de seu modo cortês e de seu tom afável de conversa, ele mais parecia um desses tipos que eu abominava na minha presunção de jovem berlinense, ele era um judeu de Praga, o que para toda a minha geração era um tipo híbrido e meio esquizofrênico, era alguém feito de retalhos: um pouco judeu, um pouco alemão e um pouco praguense. Em suma: um legítimo *odradek*. E Herbert Caro sempre ria muito dessa sua tirada cômica. Um *odradek* macérrimo, dizia Caro, tradutor de Canetti (com quem chegou a se corresponder durante um tempo), outro que se impressionava com a magreza alheia. O velho o leu? Provavelmente. O velho um dia deve ter lido todos os livros. Peter Kien, o protagonista meio perturbado de *Auto de fé*, o sinólogo que se julga acima dos demais humanos, é magro. Isso não deve ser por acaso. Não só isso. Lembrar disso, preciso me lembrar. Em um dos seus admiráveis volumes autobiográficos Canetti narra um encontro com Brecht, em Berlim, na década de

1930. Fala do aspecto de magreza do dramaturgo, de seu rosto famélico. Antes, Canetti conheceu Karl Kraus, outro magro. Teria Caro conhecido Brecht? Pouco provável. A essa altura ele representava a Alemanha em campeonatos de tênis de mesa, sim, Caro deveria ter disputado as Olimpíadas de 1936, não fosse por Hitler e seus asseclas. Não participou das Olimpíadas e foi dar no Sul do Brasil, metade afortunado metade azarão. Como esta velha, morrendo mas cercada de gente. Aqui perto há uma velhota horrorosa, uma velhota que parece um gafanhoto, com seu feixe de ossos e músculos atrofiados. As suas filhas, ela tem três filhas, parecem uma nuvem de gafanhotos em cima da velhota, todas também formadas por feixes de ossos e músculos atrofiados, essa nuvem de filhas-gafanhotos que fica chorando por causa da velhota, zanzando para lá e para cá. Para lá e para cá. Tem dias em que a velhota geme até altas horas, e é o gemido de uma coruja. Sempre à noite. É um gemido meio grave, mas desafinado. E as filhas da velha, essas três irmãs, olham para a velha e soltam três grunhidos que logo se unificam, o barulho idiota das três filhas dessa velhota formada por seu feixe de ossos e músculos atrofiados. Ossos e músculos, mais ossos que outra coisa. Vi um dia um livro com uma adolescente anoréxica na capa. Linda, com seus ossos à mostra, divina em sua secura. Imagino-a todos os dias. Chamo-a de minha Miss Dachau. Não bato punheta. É puro o meu amor pela Miss Dachau. Assim como é puro o meu ódio pela velha. Uma coruja. A coruja, a coruja, a coruja. A menina. Não havia nada, um grão de poei ra sequer que pudesse evocar a existência prévia de outra criança naquela casa. A presença de outra criança antes do meu nascimento ou mesmo durante meus primeiros anos de vida. Sou filho único, era filho único, vou morrer solitário. Afinal, tu sempre tiveste a maior vocação para escritor solitário, escreveu-me R. no último e-mail. Não havia um único retrato, nem sequer um daqueles porta-retratos em cima da cômoda, no quarto dos pais, para que eu pudesse conhecê-la. Jamais tocavam no assunto. Ela havia desaparecido sem traço. Ficou sem traço. Perdido no meio dessa gente. Nas tardes vadias depois do almoço, quando já não me restava mais nada para fazer depois das lições e do desenho animado na televisão, eu costumava fuçar na única estante da casa. Havia os doze exemplares da *Enciclopédia da mulher e da família*, um punhado de romances de Carl Heinz Konsalik, o *Diário de Anne Frank*, que foi o primeiro livro considerado adulto que li, anos mais tarde, com o retrato de Anne na capa, igualzinha à cara da minha mãe numa foto da adolescência, e alguns livros, nunca descobri o porque, do padre Charbonneau. Eu tinha certo fascínio em folhear as obras do padre Charbonneau, nem lembro o que estava escrito, mas eu achava insólito ter em casa, em nosso lar tão judaico, algumas obras assinadas por um padre. Comentar isso com o velho. O velho estudou com os padres. O velho, que estudou com os padres e guarda muito da educação cristã, diz que a vida da gente não é a genuína vida, que o corpo da gente não é corpo, e que tudo nesta vida não genuína é breve, veloz e invisível. Foi dentro de um desses volumes que encontrei a menina. Tenho certeza. A foto: ela tem 7 anos, usa um vestidinho rendado e sorri muito para a câmera. É gordinha, uns olhos enormes e brilhantes, parece uma coruja. Eu me apaixonei por ela na hora. Retirei a foto do volume do padre Charbonneau e a fixei no pequeno quadro de cortiça que havia acima da cabeceira da minha cama. Eu estava apaixonado por ela. Passei aquela tarde, a mãe visitando alguém no hospital, passei aquela tarde inteira olhando para o retrato da menina. Linda, linda. Aquele dia transcorreu na mais absoluta normalidade. Assim como a noite, o pai chegando em casa, a mãe servindo o jantar, eu tentando participar da conversa dos dois adultos. No dia seguinte acordei e a coruja, a menina, continuava sorrindo em cima da minha cabeceira. Vesti o uniforme e esperei meu pai terminar seu café da manhã para me levar à escola. Tudo normal. Tudo é sempre tão normal antes que possa deixar de ser. Lembrar disso, preciso me lembrar. Quando eu voltei da escola, bem depois do meio-dia, fui correndo para o quarto ver o sorriso da coruja, da menina. Não estava lá. Minha mãe estava deitada na minha cama, a cabeça mergulhada no meu travesseiro, chorando como uma perturbada. Chorava um choro feio, era um mugido enorme que terminava com um berro. Estranho. Eu não sabia quem era a coruja, a menina, e muito menos havia sido tocado pela curiosidade de sabê-lo. Bastava contemplar seus imensos olhos brilhantes, o vestidinho e o sorriso para amá-la. Isso era o suficiente. Meu amor. Meu amor. Meu amor. Porém, quando vi minha mãe, que mugia como uma vaca, chorando agarrada ao retrato dela que havia pouco estava no quadro de cortiça sobre a cabeceira da minha cama, tive imensa curiosidade. E perguntei: Minha mãezinha, quem é esta menina? E também disse: Minha mãezinha, estou apaixonado por esta menina. Abri um sorriso. E percebendo minha curiosidade e contemplando meu sorriso e atendo-se ao sentimento puro que podia ser vislumbrado no meu rosto infantil, minha mãe disse, como se estivesse devolvendo a pergunta: Quem é ela? Quem é ela? E eu pensei que, apesar do choro, dos mugidos e das lágrimas minha mãe estivesse querendo brincar de fazer enigmas comigo. E eu repeti, no mesmo tom encantatório: Quem é ela? Quem é ela? E soltei uma enorme gargalhada. Minha mãe então se recompôs, ergueuse e disse: É alguém que foi para bem longe, bem longe. E tudo isso me pareceu tão convincente, com tanto sentido, e ainda mais porque parecia mesmo convincente e cheio de sentido, que fiquei falando bem baixinho, só para eu mesmo escutar: Eu gosto da menina e ela está bem longe, bem longe. E mordi meu lábio. E depois sorri para minha mãe. Sem ouvir minhas palavras e sem enxergar o meu sorriso, minha mãe então fixou novamente o retrato da coruja, a menina, no quadro de cortiça acima da cabeceira da minha cama e disse: Vamos almoçar. E almocei contente aquele dia. Porque eu amava a menina e porque, lembro com quase toda a certeza, havia filé de peixe frito no almoço, e eu sempre gostei de filé de peixe frito. Um dia, talvez um ano e meio depois, eu ganhei do meu pai um pôster emoldurado do Mickey e acabei retirando da parede o quadro de cortiça, e tudo o que estava fixado nele foi para o lixo, inclusive o retrato da coruja, a menina. Não lembro por quê. Também ninguém se opôs. Esses detalhes me escapam. Muito tempo depois, na época em que eu me preparava para o meu *bar mitzvah*, o meu avô materno, que estava cego por causa do diabetes e havia perdido as duas pernas por causa do diabetes, pousou a mão na minha testa e disse: Tua irmã era a coisinha mais linda deste mundo. Eu gelei. Achei que meu avô materno estava, além de cego e sem pernas, completamente esclerosado. Irmã, que irmã? Meu avô materno então ficou mudo, tirou a mão da minha testa e pediu que eu lhe trouxesse laranja picada com pedacinhos de queijo, seu lanche da tarde. Que irmã? Eu era filho único. Meu avô materno morreu alguns meses após o meu *bar mitzvah*. E eu sinceramente já havia atribuído ao crepúsculo mental, às suas últimas horas de raciocínio claro, aquela declaração desconcertante sobre minha irmã. Que irmã? Sou um escritor solitário. Quase dez anos mais tarde, o pai de um amigo meu da faculdade, um sujeito que havia sido chefe de polícia em Porto Alegre durante os anos 1970, perguntou se eu era da família daquela história do pedalinho, aquela tragédia da menina, afinal o sobrenome era o mesmo. Qual era mesmo o nome do meu pai? Meu coração disparou. Comecei a imaginar que havia uma outra história, uma história subterrânea a ser contada, um mundo cindido do meu e que no entanto tinha sua existência de certa forma dependente do meu mundo, e que essa história (que afinal poderia ser a história subterrânea da minha família) um dia iria se encontrar com aquela que eu julgava ser a história oficial da minha família. Qual era mesmo o nome do meu pai? Sim, havia dois mundos coexistindo na minha casa. Falei o nome do meu pai. O antigo chefe de polícia parou, pensou um pouco. Observou-me por alguns segundos. Disse: Eu devo estar enganado, estou ficando velho, o passado já me aparece diferente, isso é sintoma de velhice, o passado mudando conforme o tempo, deixa pra lá. Resolvi tentar esquecer a pergunta e a provável existência desses dois mundos cindidos na minha história familiar. Que irmã? Passa mais um tempo. Eu já havia concluí do a pós-graduação. Meus pais morrem no acidente de carro, a caminho da praia. Estou sozinho no mundo, tenho meia dúzia de parentes com quem nunca me relacionei, sinto-me meio perdido nessa vida. Perdido no meio dessa gente. Dias depois do enterro, quando eu estava esperando o caminhão de uma instituição de caridade que iria buscar roupas e alguns pertences dos meus pais, pouso os olhos num jornal da semana anterior, o jornal que traz uma pequena matéria sobre o acidente que matou meu pai e minha mãe. Ao lado da reportagem, uma tripa de texto secundária: "Família protagonizou tragédia em 1973." E ali estava sintetizada (eu achava) a história não oficial da minha família, uma história que subitamente vinha à tona. Ali estava escrito que num domingo ensolarado de abril de 1973 meu pai e sua filhinha de 7 anos foram passear em um pedalinho no Guaíba, um daqueles pequenos barquinhos em que, por um aluguel de duas horas, era possível deslizar pelas águas ainda não completamente poluídas da zona sul de Porto Alegre. Que minha mãe e seu filho de pouco mais de 1 ano de idade ficaram instalados numa pequena sorveteria próxima. Que, como acontece tanto em abril, uma chuva forte surpreendeu a todos que deslizavam em pedalinhos pelo Guaíba. Que todo mundo foi obrigado a retornar. Que um desses pedalinhos, aquele em que estavam meu pai e sua filha de 7 anos, virou, por algum motivo idiota ou apenas por mero acaso emborcou e despejou os dois, pai e filha, naquelas águas. Que meu pai conseguiu ser salvo por um rapaz que estava próximo a eles, um recruta do Exército. Que, por um desses infortúnios terríveis, a garotinha de 7 anos desapareceu naquelas águas turvas antes que pudessem ter a iniciativa de salvá-la. Que homens-rãs do corpo de bombeiros e familiares passaram os cinco dias seguintes tentando achar o corpo da garotinha. Que o corpo nunca fora resgatado daquelas águas. Que a polícia havia aberto um inquérito na época, mas não tinha chegado a nenhuma conclusão e tampouco implicado alguém no episódio. Era essa a pequena notícia ao lado da notícia do acidente que vitimou meu pai e minha mãe. Era esse o fio que ligava a história oficial da minha família com sua história subterrânea, pensei. A coruja. A coruja. A coruja. A menina. Eu me esquecera dela duas vezes durante minha vida. Seria capaz de esquecê-la novamente? Lembrar disso, preciso me lembrar. Que irmã? A forma pela qual cada geração lê o passado é a verdadeira ficção do futuro, diz o velho. As histórias do velho. Não senhor, eu não estava disposto a esquecer a coruja, a menina. Mas tergiverso. Preciso me concentrar. A hora é propícia. Mas hesito. Temo transformar em má literatura uma experiência ruim. Cansei dela. Cansei dela. Da literatura. Poeta menor. Nós, menores. Nós, poetas menores. Nós, escritores de meia-tigela. Menores, menores, menores, menores, menores. Medíocres, pretensiosos, ávidos, esses solitários e essa multidão. Essa gana. Só digo tudo isso porque agora estou pacificado. Estou em trégua comigo mesmo. Sem vislumbres da azia. Sem a fome. Nenhum desejo atravessa o meu corpo. E como é tão repentino tudo isso! Como são velozes todas essas coisas invisíveis! Ponham a mão na minha testa. Ponham a mão na minha testa por um momento para me dar coragem. Isso é Kafka. De novo. Preciso parar de ser alusivo. Vivi uma vida alusiva. Perdido. Vou: perdido no meio dessa gente, desse casal agonizante na estrada, perdido no meio dessa gente, ouvindo os delírios desse velho enrabado, perdido no meio dessa gente, vendo a cara de pascácio desse doutorzinho que nunca leu Dostoiévski, no meio dessa multidão de enfermeiras, perdido nessa escuridão, abrindo e fechando os olhos nessa luz amarela, às vezes é mais branca e mais clara, perdido no meio dessa gente, vão tomar no cu, perdido no meio dessa gente, essas vozes todas, perdido no meio dessa gente, a coruja debaixo d'água, perdido no meio dessa gente, de boca fechada, de boca fechada.

Judeus com cirrose

Para o argentino Fabricio Waltrick

Há uma foto conhecida de Scholem Thodes, com data de junho de 1954. Na imagem, Thodes está no Parque Lezama, em Buenos Aires. Veste um suéter escuro, calça preta, coturnos. Parece ainda estar em forma. Olha para a câmera num misto de interrogação e desafio. No verso, uma dedicatória a um tal de "Lupi".

Scholem Thodes é autor de um livrinho breve que merece ser redescoberto, *Judeus com cirrose*. É o inventário meio cômico, meio delirante (além de frequentemente trágico) sobre um jovem escritor de origem judaica que de forma deliberada resolve tornar-se um alcoólatra. O livro narra, "numa prosa de acintosa frialdade" (como escreveu com alguma incompreensão um dos poucos críticos que se dispuseram a ler o volume), o itinerário de Boris Behar, *alter ego* do próprio Thodes, da infância num gueto – de onde, ele não precisa – até a derradeira dissolução etílica num tugúrio do Village nova-iorquino.

O livro teve apenas uma edição, em 1952, pela Editorial Losada de Buenos Aires, uma grande e venerável editora. Trata-se de um volume compacto: pouco mais de cem páginas antecedidas por uma capa ofensivamente banal que mostra uma vinheta com a reprodução de uma garrafa em cujo rótulo fulgura... uma estrela de davi.

Judeus com cirrose apresenta como pode ser árduo o caminho da iluminação etílica para o descendente de uma vasta linhagem de rabinos da Galícia. De forma muito particular, é *beatnik* alguns anos antes de Jack Kerouac, principalmente se levarmos em conta que *On the road* foi escrito em 1951 mas só publicado seis anos mais tarde. Tem um ritmo marcado por improvisações meio jazzísticas (uma de suas paixões), abunda em insinuações sexuais (veladamente homoeróticas), descreve sem freios bebedeiras e mais bebedeiras, noites insones em cafés portenhos, arruaças em tavernas nova-iorquinas, ressacas fenomenais, além de mais bebedeiras. Tomado por uma espécie de furor descritivo, em que discorre exaustivamente sobre copos, formatos de garrafa (sem esquecer o seu precioso conteúdo) e sensações próximas àquelas dos "santos, mártires e iluminados", Thodes escreveu aquele que talvez seja o poema definitivo sobre o ancestral hábito humano de ingerir bebidas alcoólicas.

Nascido em Montevidéu em 1920, Thodes teve uma infância comum. Em casa falava-se o ídiche, na rua, o castelhano melodioso típico dos países do Prata, com sua pronúncia singular de algumas palavras. Seu pai, observador dos ritos judaicos, era um comerciante severo e sempre preocupado com o futuro daquele filho que durante a infância quase não saía do quarto, tendo a cara sempre enfiada num livro; na adolescência, desaparecia durante semanas e nunca dizia para onde fora; e na vida adulta se recusou a tocar o negócio da família, indo morar inicialmente em Buenos Aires. Na grande cidade, levava uma vida próxima à de vagabundo.

Até onde consegui descobrir, Thodes era pederasta. E um sujeito de muita sorte. Quando veio a falecer no Brasil, em meados dos anos 1990, bebia bem para um homem da sua idade, porém sem nunca ter padecido de cirrose ou nenhum outro tipo de complicação hepática. Morreu dormindo, como só costuma ocorrer aos recém-nascidos e aos velhos em paz consigo mesmos. No final da década de 1960, ele abandonou todas as outras bebidas, com exceção da genebra, e engordou barbaramente ao longo das décadas posteriores. Fez uma operação de redução do estômago em Israel, no iniciozinho dos anos 1980, quando resolveu passar algum tempo visitando a irmã e os primos, que a essa altura haviam debandado do Uruguai por conta das instabilidades da economia e da vida política.

Depois da publicação de *Judeus com cirrose*, Thodes, que estava tomado de fervor literário, tentou produzir pelo menos outros dois livros, ambos jamais concluídos. A se fiar nos esparsos relatos de seus contemporâneos do período argentino, quase nada restou desses projetos. Aquele que supostamente era seu companheiro na época, um operário de manutenção da linha Plaza de Mayo — Primera Junta do metrô de Buenos Aires (Thodes parecia ter uma queda pelos tipos másculos e "populares"), um bronco tão bom de copo quanto o nosso escritor, teria ateado fogo no quarto da pensão na Boca que ambos dividiam. As chamas encerraram a breve carreira literária de Sholem Thodes, que resolveu sair da Argentina. Não pretendia voltar para Montevidéu, tampouco retomar a vida literária. Perambulou sem destino certo durante alguns anos e também trabalhou em navios cargueiros que saíam da Europa e aportavam no Rio de Janeiro. Esteve no Uruguai em apenas uma ocasião, quando seu pai faleceu e sua irmã contava com ele para encerrar os negócios da família e dividir o que sobrara.

Na condição de caixeiro-viajante, Scholem Thodes se estabeleceu em Santana do Livramento, na fronteira com o Uruguai, no iniciozinho da década de 1960, para servir às diversas cidades da região. Foi meio por acaso que descobriu que na casa ao lado da sua, na rua Rivadávia Correa, José Hernández havia passado um período crucial durante a composição do *Martín Fierro*. Thodes já havia publicado seu livrinho, esquecido as ambições e a literatura lhe era, a essa altura, algo tão remoto quanto as pelejas descritas no poema.

Barra da Tijuca, manhã do dia 5 de junho. Sol, é claro

Quando me chamaram para escrever o roteiro do especial de Natal para a TV, achei que o trabalho era a maior mamata desse mundo, e é mesmo, como me garantiram na assinatura do contrato, mas em seguida comecei a pensar que deveria *reinventar* os especiais de Natal para a TV, o que é uma coisa muito doida de se pensar, sobretudo para um cara como eu, que tem um Ph.D. em estudos culturais e qualquer um poderia apostar que eu não dou a mínima para um negócio desses. E cá estou no hotel onde me instalaram para dar partida à coisa toda. Estou meio chapado e só um pouquinho bêbado. Tem horas que acho que vou *enlouquecer* com os *pensamentos* que aparecem o tempo todo, mesmo quando estou dormindo, com as ideias que surgem aos poucos para fazer desse especial de Natal para a TV o, sei lá, *Cidadão Kane* ou o *Acossado* dos especiais de Natal para a TV, e essas ideias aparecem o tempo todo, como uma locução em *off* com a minha voz – mas uma voz só um pouquinho diferente, mais grave e talvez mais solene do que a minha habitual voz de Patolino, como a voz que eu escutava quando era moleque e ainda hoje escuto só que bem menos, o coro de mulheres instalado dentro da minha garganta que eu costumava ouvir quando sentia muita sede e começava a tomar água e aí podia jurar que ouvia esse coro feminino agradecer em nome das minhas células –, e essa voz diz, fulano, você caiu numa arapuca, e coisas desse tipo, ou então essa voz diz, fulano, você tem que sair da casinha e arranjar alguma ideia que preste, nesse teor, e eu ouço toda a falação dentro de mim, mesmo sabendo que não dá para afirmar que seja a *minha voz interior*. E, sabe, às vezes parece que vou *pirar* com uma coisa dessas. Numa fração de segundo eu dou um sorriso e faço uma cara triste, uma cara de comédia e outra de tragédia, e nessa fração de segundo eu alterno as duas máscaras gregas, mas aí essas máscaras se confundem e se embaralham, saca?, e meu rosto então fica com uma terceira máscara, que acabei batizando de Máscara do Fracasso Intermitente. Ou coisa assim. Nesses poucos dias instalado aqui no hotel, eu já fui vítima de dois equívocos meio cabeludos. Eu estava na piscina quando vieram me chamar, mas quando apareci no *lobby* era engano, eles queriam falar com outro cara, sei lá. E aí eu costumo ficar puto com um negócio desses, hotelzinho fuleiro de merda em que foram me instalar, mas pensei que fosse um caso isolado, uma curva no padrão habitual de qualidade dessa rede francesa de hotéis espalhados nos quatro cantos do mundo. Aí ontem eu estava dormindo, eram 5 horas da tarde – certo, um horário meio cacete para ficar atirado na cama, mas eu tinha tomado uns troços meio pesados –, quando um moleque uniformizado entrou no meu quarto, ele simplesmente teve a audácia de abrir a porta de um quarto ocupado por um hóspede e tamborilar seguidas vezes no lado esquerdo da cabeça do hóspede até que o hóspede acordasse puto da vida e tremendamente assustado, com cara de raiva e de espanto ao mesmo tempo. Aí eu abri os olhos e disse, caralho, moleque, que diabos você tá fazendo no meu quarto, eu disse de forma grave e com uma pontinha de raiva, mas também com um pouquinho de medo, vai que esse moleque é um assaltante ou um maníaco, pensei. Aí o moleque não disse nada, se ele fosse um pouquinho mais novo, sei lá, uns sete anos mais novo, eu ia perguntar, o gato comeu sua língua?, pensei. Ele acorda um hóspede, faz tum-tum-tum do lado esquerdo da cabeça do hóspede e depois dá as costas e vai embora, quieto como um figurante, deixando o hóspede com raiva e medo. Porque tem coisas que escapam à nossa compreensão, e nem estou dizendo nada de grandioso sobre o Big Bang, o eterno retorno, o genoma humano ou algum lance metafísico mais hermético. Apenas acho que grande parte das nossas angústias é provocada por essas pequenas vozes dentro da gente, no meu caso um coro feminino que dá expediente na minha garganta várias vezes ao dia, apesar de muitas vezes essas vozes ficarem caladinhas, sem ação, como que esperando um dia propício para aparecer e deixar a gente um pouquinho mais louco. E se um dia essas vozes tomarem conta *totalmente* da gente?, pensei, e se numa manhã dessas todas essas vozes que ficam guardadinhas lá em algum recanto das nossas gargantas mas que só aparecem de tempos em tempos e só conseguem ser captadas por nós mesmos subirem o estreito corredor que leva da garganta à boca e aparecerem não só para a gente, mas se fazendo notar nos telefones, nos recados da secretária eletrônica, nas entrevistas da TV? Ia ser uma iniciação ao fim do mundo, sei lá, o ensaio geral para a aniquilação completa da nossa espécie, a criança falando com voz de velho, a mulher com voz de adolescente, o sujeito com um coro feminino, um outro abrindo a boca e saindo um gago ou até um chinês dublado e assim por diante, até que ninguém mais fosse capaz de se entender, até que por fim o abismo na comunicação fosse tão, mas tão grande que nem sequer entraríamos em acordo com nossas próprias consciências, penso. Era isso o que eu costumava dizer para o Júlio, meu analista, eu tentava *articular* esse discurso toda quinta-feira à noite, deitado sobre o divã no consultório dele. Eu dizia, Júlio, alguma coisa muito doida está para acontecer, e eu dizia também, cara, você não faz ideia do desconcerto provocado pela confusão de vozes. E o Júlio moitava calado, vez ou outra dizia uma palavra-chave, mas uma palavra-chave completamente absurda, o que me fazia desconfiar da perspicácia dele. E, sabe, ele tinha umas de citar poetas em vez de soltar o verbo a partir da torrente de palavras que eu despejava diante dele. O Júlio adorava citar Eliot, o mundo não vai acabar com uma explosão, mas com um gemido. Ele literalmente ficava *siderado* por essa citação. Sei lá, acho que ele havia estudado Eliot na universidade ou então era um desses leitores que veneram o poeta anglo-americano, mas o fato é que nem Freud nem Lacan pareciam rivalizar com o Eliot de bolso dele. A minha análise um dia também terminou de forma abrupta, não com uma explosão, não com um gemido, mas com o chup-chup-chup de uma pastilha Halls dançando dentro da boca do meu analista. Eu lá me debulhando, rememorando coisas pavorosas, a infância, o escarcéu todo da família, e de repente ouço um chup-chup-chup cada vez mais frequente e intenso. Puxa, eu estava deitado no divã, parecia um defunto sendo velado, um defunto ainda fresco sendo chorado por meia dúzia de parentes, e o filho da puta do Júlio mandando ver no Hall's. Sei que paguei pela consulta e nunca mais dei as caras.

A loucura toda de ficar pensando no especial de Natal para a TV é saber que, um dia desses, o enviado da emissora vai bater na minha porta – *se bater*, e não entrar como um garoto de recados insolente – e exigir, como se fosse a coisa mais natural deste planeta, que eu entregue o roteiro completo, assim como quem entrega uma das crias recém-nascidas de sua gata. E ele, ou ela, porque periga ser uma dessas mulheres histéricas e sem filhos que a nossa época convencionou chamar de *executivas*, então essa mulher frustrada, mal comida, mal-amada e extremamente carente vai aparecer aqui na minha suíte e solicitar a entrega do roteiro com aquele típico sorrisinho corporativo porque já estará perto do Natal e a alta cúpula da emissora já a andou cobrando a respeito do especial de Natal para a TV. Eu até poderei usar uma das minhas máscaras, mas será tarde demais, não resta dúvida. Quando eu abrir a boca, ele, ou ela, já terá saído daqui com qualquer coisa. Porque não se trata de avançar na linguagem do especial de Natal para a TV, mas apenas de empacotar salsichas, ou hambúrgueres, para vender no intervalo comercial para uma plateia abobalhada. Sabe, quando eu era garoto, costumava ficar horas diante da TV. As tardes eram reservadas para o filme do Jerry Lewis e os desenhos de Hanna-Barbera. Cara, eu poderia jurar naquela época que Hanna-Barbera era uma vovozinha, e não duas raposas velhas da indústria norte-americana de entretenimento infantil. E eu ficava totalmente *abestalhado* vendo as comédias e os desenhos, e não conseguia entender como é que os adultos viam filmes de faroeste e resenhas esportivas, no caso do meu pai, e filmes água com açúcar e programas de culinária, no caso da minha mãe. Isso foi até meu pai ir embora de casa, depois minha mãe começou a sair praticamente todas as noites e eu e minha irmã mais velha, que hoje mora na Suécia mas não é atriz pornô, víamos umas novelas e, como nossa adolescência coincidiu com a explosão do mercado de videocassete, alugávamos pilhas de filmes na locadora do bairro. Nem sei por que entro nesses pormenores. Devo ser um caso de histeria. O fato é que eu estou ficando cada vez mais puto com esse meu bloqueio criativo. Sério, eu vou para o quarto, abro o computador e o máximo que consigo fazer é tagarelar diante dele. Eu nunca pensei que iria *desenvolver* uma tara, por assim dizer, porque o que está acontecendo comigo nas últimas semanas – junto com a desconfiança irrestrita de uma boa parcela da humanidade e o medo constante de perder para sempre a minha voz no meio das *outras* vozes – é algo incrivelmente maluco. Eu estudei, escrevo, sempre me defendi muito bem com minhas palavras. Mas essa coisa toda de pensar em renovar o especial de Natal para a TV faz voltinhas na minha cabeça, fica rodando para lá e para cá, sem parar. Eu não tenho mais 5 anos. Parece que há um anãozinho em cima de uma bicicleta dando umas voltas em torno do meu cérebro, e, cara, é muito *apavorante* ter noção de um negócio desses. Saber que a qualquer momento do dia ou da noite a razão pode escapar dos meus domínios, putz, é desolador, para não dizer desesperador, autodestrutivo, apavorante e tremendamente *complicado*. Aí eu enrolo um pouco e atravesso os dias bebendo aqui embaixo ou tomando umas coisas lá em cima, no quarto. Faço isso e fico com vontade de chorar. É óbvio que não pretendo chorar. Tudo o que os caras que me contrataram querem é um motivo para foder com a minha raça, ah, isso eu não vou permitir, não senhor. Eu não sei atirar, mas tenho uma faca no meu quarto. Não que eu pretenda usar de violência, não é a minha praia, mas *preciso* estar preparado para qualquer movimento em falso de um desses enviados da emissora. Que espécie de macaco teleguiado irá aparecer aqui? Não faço ideia. Por isso tenho de estar atento o tempo inteiro. Estar atento e preparado o tempo inteiro. Em 2001 eu fui à Suécia para visitar a minha irmã, casada com um sueco de quase dois metros de altura, um funcionário *lobotomizado* da Scania. Veja, ele fala como um robô, anda como um robô, deve comer minha irmã com os movimentos mecânicos de um robô. Era fevereiro, lá fora fazia quase trinta graus negativos, eu provavelmente era o único turista de Estocolmo. A cidade estava praticamente vazia, todos os suecos fogem do país nessa época do ano, seja para as praias da Grécia ou do Brasil. E lá estava eu, tremendo de frio, com a cara quase congelada, dando voltas pela cidade. Conheci o apartamento em que August Strindberg passou seus últimos anos, esse cara era completamente amalucado, tenho até dó das mulheres que se casaram com ele, e vi onde ele escrevia e onde ele cagava. E, sabe, é um negócio realmente fantástico ficar imaginando que um de seus autores prediletos escreveu e comeu ali, dormiu e cagou ali. Eu, por exemplo, vegeto nesse hotel em plena Barra da Tijuca. Eu já estava na fase de pesquisa da minha tese em estudos culturais, e conhecer a Suécia e experimentar o frio naquela intensidade e conhecer o lugar em que viveu um autor como Strindberg foi sensacional para *balançar* minhas ideias. Num trem em direção a Södertälje, subúrbio industrial onde de fato minha irmã vivia com seu sueco lobotomizado, um lugar em que os libaneses *dominam* completamente o pedaço, todas aquelas meninas supercarregadas na maquiagem e aquelas mães com pencas de filhos pequenos sendo arrastados pelas ruas, conheci um missionário chileno que estava no país para visitar a mãe, uma octogenária que havia saído do Chile depois da queda de Allende e que na Suécia vivia na mais absoluta solidão desde 1973. Uma velha chilena, provavelmente baixinha, gordinha e amarelada, solitária havia décadas naquele imenso clipe do ABBA. Ele havia ficado no Chile, com sua missão, como me disse, mas a mãe não suportou o clima opressivo e foi se refugiar na Europa. E conversa vai, conversa vem, esse missionário chileno pousou a mão na minha coxa. Não sou católico praticante nem coisa nenhuma, mas aquilo foi me deixando constrangido e revoltado ao mesmo tempo, logo comecei a fazer máscara de apreensão e logo comecei a fazer máscara de zangado. O missionário chileno sem dar a mínima, falando de sua atuação cristã em um país dividido pela ideologia enquanto alisava a minha coxa. Ele parecia estar curtindo a coisa toda. Tudo bem que eu estava de jeans, mas aquele tipo de contato *desvairadamente* tarado com um cara, ainda mais um missionário de Cristo, é para deixar qualquer um sem ação. Fico pensando até hoje, cara, se você tivesse uma faca à disposição naquela hora, você hoje seria detento na Suécia. E também penso, velho, se eu tivesse reagido à altura, hoje estaria mofando em alguma prisão sueca. Eu não consigo entender muito esses contrastes, essas dualidades da vida. Como um cara que ajuda pessoas e fala de Cristo pode querer ficar alisando a perna de outro cara? Misturar coxa com ideologia, misturar desejo com história latino-americana. Esses claros-escuros da alma humana me deixam baratinado, sabe. Lá na emissora também, é quase o mesmo negócio. O sujeito mais bacana é capaz das piores barbaridades, o cara boa-praça é aquele que te fode por trás exigindo mil e uma novidades em um roteiro que já poderia estar praticamente pronto. Não posso reclamar, claro, é o refrão predileto deles, não posso reclamar, é o que eles entoam sempre, como se fosse uma marchinha de carnaval repetida para sempre no inferno, não posso reclamar, afinal ganho uma bolada para pensar em coisas destrambelhadas e assim dou um verniz de arte a algo completamente *degradado* como a televisão. Ninguém pode levar a sério um negócio desses, a não ser se você é dono da emissora. Nós, metecos, nós, escravinhos, nós, negros da cadeia produtiva da televisão, não contamos nada. Somos nada. Eu sempre tive vocação para o nada, sempre fui talhado para o vazio. Daí eu tive uma ideia que vai deixar todo mundo chapado. Cada vez mais acho que o meu roteiro do especial de Natal para a TV será sem palavras, sem imagens, sem som. Penso que meu especial de Natal para a TV tem que ser a coisa mais furada desse mundo, sabe, a versão estilo Ed Wood do especial de Natal para a TV. O campeão dos piores. O fracassado absoluto. Lixo total. Só para eu mostrar a todos esses caras que eu também sou capaz de ter contrastes, só para demonstrar *tacitamente* que o cara que eles julgam talentoso, o cara a quem eles confiaram uma pequena revolução nos especiais de Natal para a TV, o cara que ganhou uma bolada e que foi hospedado nesse hotelzinho de merda também é capaz, se assim desejar, de escrever o pior especial de Natal para a TV em toda a história da indústria de entretenimento mundial. E ao mesmo tempo será inesquecível quase como as melhores coisas que existem na arte. Vou mostrar que sou capaz disso. Vou subir para o meu quarto e vou começar a escrever o nada. Vou encher a cara, vou tomar meus negócios todos, vou escrever a merda toda e vou pular.

E então assim eu espero calar todas essas vozes.

Caninos quebrados

Prezada senhora,

É noite, está ficando escuro e (como a senhora já deve estar ciente) meu olho esquerdo não funciona a contento. Aliás, é como se eu já não o tivesse. Glaucoma do bravo. Eu, que sempre tive orgulho dos meus olhos verdes, agora ostento um olho anilado, de um azul inútil, espectral. "Espectral", aliás, é o tratamento que a senhora tem me reservado há um bocado de tempo, não? Fantasmagórico, espiritual, diria quase kardecista. Onde já se viu não atender o telefone? E não responder aos meus chamados na secretária? Se eu tivesse um filho, seria o Hamlet-pai, crepuscular Gertrudes. Faz uns seis meses, acho, que o azul apareceu no meu olho. Alguma boa alma fofoqueira lhe deve ter prevenido. Óbvio que pelo menos aquela bisca da Clara, lépida e trêmula como se tivesse levado um choque no rabo, correu ao telefone para contar a novidade. No início, pensei que fosse algum tipo novo de insolação: estive na praia no início de outubro, dormi sob um sol que me lambia como se eu fosse um cordeirinho assado, voltei para o chalé completamente torrado. (Lembra da casinha da praia ou o Alzheimer já chegou a galope?) Poucos dias depois, o azul apareceu. Nem liguei, pois de início pensei, como disse antes, que fosse uma daquelas inflamações no olho. No auge da coqueteria e às vésperas da meia-idade, cheguei a usar um par de lentes de contato. Isso a senhora não imaginava, tenho certeza. Podia ser até mesmo uma úlcera, sim, uma úlcera ocular causada pelas lentes. Sabe o finado Marcos? Pois entre o segundo e o terceiro infarto ele teve uma úlcera no olho que quase o deixou cego. Uma vez o encontrei pela rua, tateando entre um poste e uma placa de estacionamento. Brincando de cabra-cega em pleno Centro. Meu caso era mesmo glaucoma. Voltei arrasado para casa, depois de receber, a seco e completamente desprevenido, o veredicto do médico. Caolho. Pressão ocular muito alta, disse o doutor com um ar benevolente. A senhora pode me imaginar com pressão no olho? Duvido. Eu, o Rei da Prisão de Ventre, o Senhor Supremo da Retenção Anal, que passei a vida pensando em como seria minha morte após demorada agonia causada por um câncer no reto ou em algum lugar do intestino grosso, padecendo de pressão ocular. Confesso que me surpreendi com a novidade. O médico disse para eu não me preocupar, o outro olho não iria desenvolver o mesmo quadro, mas quem há de garantir assim, cem por cento, um negócio desses? Na dúvida, economizo olho. Durmo mais cedo que de costume, leio menos, vejo quase nenhuma TV. Ando com medo do escuro. De novo. Somos uma triste cópia de nossas infâncias quando começamos a envelhecer. Sabia que eu tinha vergonha de confessar meu pavor noturno? Pois ele voltou agorinha mesmo, como se eu ainda tivesse 6 anos de idade e dormisse na parte de baixo do beliche feito pelo tio Idel.

Só que agora, quando não há mais beliche nem tio Idel, e todo mundo desapareceu para sempre, não tenho vergonha alguma de admitir: EU TENHO MEDO DO ESCURO! Poderia berrar essa frase um milhão de vezes, não fosse o receio de assustar a cachorrada da vizinhança. Mal desce a noite e eu corro para minha toca. Há qualquer coisa de animalesco e infantil nessa fuga, mas como poderia evitar? Apenas por um segundo, tente me imaginar completamente cego, com os dois olhos "azuis". Seria uma tragédia. Nossa família não fica bem cega. Nunca irei esquecer o dia em que soube que o vovô tinha catarata. Aquela história toda da pele no olho, que na minha inocência imaginava ficar na parte externa do globo ocular, como uma cortina de couro enrugado. Vovô ficou muito estranho. Cego, parecia um daqueles manequins das vitrines do Centro, um manequim se lamuriando num português estropiado. Andava meio bambo, uma rara espécie de pinguim do Leste Europeu. Mas a catarata era apenas o prenúncio do pior. Depois veio a gangrena no dedão, logo a perna inteira apodrecia, em seguida a amputação da outra perna. Rápido, no espaço de poucos meses, vovô se resumia a cabeça e tronco. Evitava encará-lo. A senhora teve sorte: estava distante desses acontecimentos, longe o suficiente para que houvesse alguém para relatar o triste epílogo do vovô, completamente cego e sem poder contar com o par de pernas diabéticas. Ninguém queria incomodá-la, não, a artista da família não poderia entrar em contato com a doença, a podridão e a sujeira. Mas naquele tempo, quem haveria de? Quem, entre aquelas pessoas parcamente alfabetizadas, iria escrever uma carta relatando nossas agruras? E além disso a senhora não parecia mesmo muito interessada, acho, em saber o que andava acontecendo com os membros da nossa família (no caso do vovô eram literalmente os membros). O Rio de Janeiro parecia distante, quase irreal, os interurbanos eram uma ficção, o rancor na maioria de nós era muito grande para que alguém tomasse a iniciativa de relatar os episódios mais melancólicos da vida que, afinal, a senhora deixara para trás. Qual não foi minha surpresa quando, naquela primeira e única temporada de férias escolares que passei ao seu lado, a senhora me perguntou pelo vovô. Eu havia acabado de sair do mar, sim, a Copacabana que eu via nas revistas, e a senhora me perguntou como andava o vovô. Como andava? Se fosse hoje, eu teria petulância suficiente para dizer que, depois de perder as duas pernas, o desafortunado Benjamin foi se arrastando para a morte como uma lesma *kosher*. Claro que isso não me passou pela cabeça, ao menos naquela época. Balbuciei apenas um "já morreu", e a senhora, sem acusar o golpe, me entregou a toalha e disse que era hora de voltarmos. Aproximava-se do carnaval, as pessoas na rua assoviavam as marchinhas de sempre, e a senhora estava linda de cabelo platinado. Nunca mais a vi tão bela. Depois, quando casou novamente e desistiu do "projeto artístico", a senhora foi perdendo muito daquele viço original que um dia contribuiu para que saísse vencedora do famoso concurso de beleza que foi a ruína de todos nós e que a inflou de sonhos provincianos de celebridade. "A Mais Bela Mãe Judaica" foi a sua glória, mas também a nossa miséria e o fim de toda esperança de uma vida normal. Foi mesmo naquela temporada em que estive como seu hóspede no Rio que pude ter uma ideia do que estava acontecendo ao seu redor e ter a medida da minha posição diante da senhora. À noite, escutando suas narrativas sobre supostas proezas no mundo artístico (a sondagem que lhe fora feita para participação em um filme que nunca saiu do papel, as fotos para o anúncio da Palmolive que depois foram recusadas pelos diretores da empresa, a entrevista radiofônica que, como tive a oportunidade de saber mais tarde, a senhora transformou numa patética sinfonia de soluços angustiosos), entediando-me com as queixas sobre seus dentes ("Os caninos são muito destacados. Ouvi dizer que Grace Kelly mandou limar os dela.") ou então assistindo ao desfile noturno e quase cotidiano de "diretores" e "jornalistas" em direção ao seu quarto, entendi tudo, tudo mesmo, inclusive a cólera do pai, as conversas das tias interrompidas à minha chegada, o meu medo do escuro. Era o preço cobrado pela beleza. Um valor bastante alto, que eu, o pai e o resto da parentada depositávamos todos os dias, não no altar das musas, mas na Caixa Econômica dos Rancores, pagando juros pela sua leviandade. Lembro que a única pessoa que botava fé nesse seu negócio de ser artista de cinema era a tia Rebeca, pobrezinha. Soube dela? Passou os últimos quinze anos de vida internada num asilo, levando choques diários e desaprendendo qualquer tipo de ação adulta. Pouco antes de morrer, só conseguia emitir uns poucos grunhidos em ídiche. Logo ela, a única nascida ainda no Velho Mundo que conseguira adquirir alguma desenvoltura com a língua portuguesa (orgulhava-se de fazer palavras cruzadas), morreu em posição fetal e balbuciando como um bebê saído de alguma aldeia lamacenta do Leste. Pois a tia Rebeca, para quem, aliás, a senhora jamais enviou um mísero cartão-postal, era a sua fã número 1. Mesmo sem a senhora ter participado de filme algum, passando por cima da evidência de que a senhora foi um malogro completo do início ao fim, a tia Rebeca era a sócia-fundadora e única participante do seu fã-clube. Costumava ser um espetáculo horrendo quando, nas reuniões de família, ela se punha a falar da senhora, da sua beleza "hollywoodiana" e do futuro de sonho que lhe estava reservado. Ninguém dizia um ai. A tia Rebeca teve sua parcela de culpa na morte do pai. No dia em que ele se foi, e isso eu não poderia esquecer nem confundir com as memórias daquele tempo, ele havia suportado, estoica e bravamente sobre a cama, e durante horas infindáveis, as longas perorações da tia Rebeca sobre a evidência incontornável de seu sucesso vindouro. Logo ela, que poderia ser considerada a cinéfila daquela família que quase nunca ia ao cinema, embarcava no delírio de sua carreira artística. Pois ela ficou discursando sobre a esperança que depositava na senhora, e o pai, já fragilizado, ouvia a tudo no silêncio habitual. Já fazia algum tempo que ele, quando indagado sobre a esposa, dizia ser viúvo. A maioria das pessoas sabia que isso era uma mentira, uma deslavada ficção, claro, mas uma ficção piedosa produzida por um marido machucado. Algumas dessas pessoas, porém, só pioravam as coisas quando se punham a lamentar, entre exclamações chorosas, que uma mulher tão bonita não poderia ter morrido tão cedo. "Tão cedo": já fazia quase vinte anos desde que a senhora tinha saído de casa e da cidade, e as pessoas ainda eram capazes de imaginá-la tão jovem e fresca quanto nos dias em que era "A Mais Bela Mãe Judaica" e aparecia nos acanhados jornais locais, entre as pequenas notas sobre pessoas embriagadas detidas pela polícia e a inauguração de uma festa da colheita do pêssego em alguma cidadezinha interiorana. Ninguém poderia acreditar (e olha que teve gente disposta a desmascará-la) que a senhora simplesmente arrumou as malas e partiu para o Rio, deixando marido e filho completamente desamparados. O pai morreu poucas horas depois do longo monólogo da tia Rebeca. Era o que faltava para ele experimentar a ruína de forma integral, completa, acabada. Aquele falatório incessante e que (como não ousar pensar nisso agora?) antecipava a dissolução futura da tia Rebeca o deixou em frangalhos. Ele já não andava se alimentando bem, durante anos alternava meses em que comia com voracidade com momentos de absoluto jejum. Nesses seus últimos dias, parou de comer. Nem água bebia. Era como se estivesse atravessando um Yom Kipur interminável e suicida, um eterno Dia do Perdão por faltas que ele não havia cometido, por algum tipo de pecado que afinal só poderia ser atribuído à senhora, a única que deveria ter pedido algum tipo de perdão por tudo o que acontecera. Mas a senhora decerto também não soube disso tudo, quando o pai morreu ninguém conseguiu contatá-la porque a essa altura a senhora estava na Argentina com aquele que seria seu segundo marido. E isso a gente só pôde saber muitos meses depois do enterro, quando a idiota da Clara casualmente a encontrou no Rio, justo no dia em que a senhora estava se mudando para a nova casa com o marido novinho em folha. Mas então já era muito tarde para tomar qualquer iniciativa decente. Ainda é tarde. Sempre. Talvez, enquanto escrevo, a senhora já esteja morta. Não seria nenhuma novidade, então. A senhora está morta há muitos anos, sepultada desde que saiu de casa, sonhando viver uma carreira no cinema e se queixando dos caninos destacados. Talvez a essa altura eles já tenham desaparecido, assim como a senhora, caninos quebrados ou mesmo extraídos pela velhice, dentista operosa. É capaz de a senhora ser apenas uma sombra, mal divisada pelo meu único olho que ainda presta. Com um pouco de esforço, e tapando o olho direito, consigo enxergá-la com a consistência de um fantasma. Uma sombra. Um nada. Mas já está tão escuro, e mal posso ver o que escrevo

O escritor menor

Já era tarde da noite quando, mal conseguindo levantar as pernas dormentes, Juliano Pogoretz se encaminhou ao seu leito para dormir. O dia quase raiava. Movendo-se como um idoso hemiplégico, daqueles que, mesmo tendo algum dinheiro, se assemelham a mendigos que balançam uma canequinha com um punhado de moedas miúdas enquanto os passantes engolem um comentário entre a melancolia velada e a repulsa completa, Juliano parou um segundo para descansar a meio caminho entre a escrivaninha e a cama, desligou o computador portátil, acomodou-se no leito e puxou para si um edredom cor de salmão já bastante desbotado, mas aconchegante o suficiente para cobrir sua solidão.

Enquanto tentava dormir, já se deixando largar num semitorpor, pouco antes de permitir que a fadiga o invadisse completamente, Juliano pensava que aquele dia, como tantos outros vinham sendo havia anos, lhe parecera rigorosamente idêntico ao dia anterior — e não lhe restava dúvida de que o dia que se anunciava lá fora seria um símile deste que findava. Como escritor fracassado, já se havia habituado aos reveses parciais, às pequenas batalhas previamente perdidas e (algumas poucas vezes) à afasia completa. Quarentão a essa altura, vivendo de uma poupança miúda mas que ainda lhe garantia alguns dividendos, Juliano era prisioneiro de seu hábito: assim como há homens que bebem uma dose de uísque diariamente à mesma hora; assim como aquelas donas de casa que, mal divisando as estrelas no céu, se postam diante do televisor para desfrutar das emoções em conta-gotas da novela; assim como um religioso que lê algumas páginas de seu livro sagrado todas as manhãs, Juliano passava seis horas por noite diante da tela de cristal líquido tentando escrever histórias que prestassem. Jamais conseguia chegar ao final delas. Como se fosse presa de uma desconhecida síndrome de incompletude, Juliano começava um de seus contos (dos romances ele já havia desistido quando ainda estava na casa dos 20 anos), avançava cinco, seis páginas e logo as deixava entregues ao truncado e ao inédito.

Noutras ocasiões, a história chegava a um termo, mas depois, relendo-a atentamente, Juliano percebia que a trama carecia de uma costura narrativa, de uma coerência interna: era como se fosse criada por alguma mente desprovida de qualquer sentido de encadeamento lógico. Um autômato, ou mesmo um macaquinho vivaz que se dispusesse a aprender digitação, escreveria desvarios semelhantes. Pois se Juliano lia todas as novelas que encontrasse pela frente, sabia que em nenhuma o autor teria perpetrado infâmias como as dele. Talvez porque já estivesse às portas do sono, bem acomodado sob o edredom macio, Juliano pensava nisso tudo de forma serena, dir-se-ia quase estoica; como escritor, estava destinado a uma missão de meia-tigela: engrandecer os outros através de sua miudeza. Como um soldado que pereceu no mais completo anonimato para fazer a glória de Alexandre, de alguma forma Juliano queria acreditar que suas derrotas noite após noite serviriam para ajudar a perpetuar a estima pelos grandes da literatura.

Costumava ser dessa forma, havia um bocado de tempo, que Juliano preparava o próprio sono. Não contava ovelhinhas, como muitos; rememorava seus inícios na literatura, quando uma de suas histórias ("O hussardo febril", um conto escrito à maneira russa oitocentista mas redigido na São Paulo de 1979) saiu na gazeta da escola e, subitamente, como se tivesse sido tocado pela graça ou pela mágica emanada da mão de um rei taumaturgo, a fama e certa personalidade de escritor o revestiram, galvanizando o rapazote de uma forma que, ainda hoje, duas décadas depois, persiste: como uma daquelas moscas que o Juliano menino capturava para colocar dentro do congelador só para depois contemplar um cubo de gelo com a mosca lá dentro fazendo as vezes de troféu de alguma expedição ao Polo Norte, Juliano havia sido congelado. Por fora, a camada glacial apenas permitia que se enxergasse um corpo morto, porém perfeitamente preservado, frio por dentro e por fora.

Tal é o destino de Juliano Pogoretz, e ele sabe disso havia um bom tempo. Já alimentou maiores ilusões. Pouco depois de terminar a faculdade (fez direito apenas para contentar o pai), Juliano bateu em algumas portas; tinha na mão, caprichosamente datilografadas, um punhado de histórias começadas ou abortadas pela metade. Pensava em oferecê-las para algumas revistas ou mesmo para alguma editora. Se alguém por acaso demonstrasse interesse, Juliano iria correndo para casa e prometia a si mesmo que só sairia do quarto quando tivesse histórias completas, perfeitas, estruturadas com início, meio e fim. Não foi o que aconteceu. Má sorte ou acaso completo, ninguém pareceu mesmo interessado nas histórias sem final de Juliano Pogoretz. E olha que ele conhecia algumas pessoas influentes. Porém, à medida que os anos foram passando, essas pessoas se esqueceram daquele autor de contos inconclusos — e Juliano, por sua vez, se isolou no apartamento na Consolação que herdara do pai, saindo dali apenas para o essencial: fazer compras no supermercado, alugar um vídeo na Blockbuster da esquina ou perambular na Paulista no início da noite. Não costumava sair da cidade desde que excursionou pela Europa com seu melhor amigo da escola. Atualmente não mantinha, porém, laços com nenhuma outra pessoa, nem mesmo o amigo da "grande viagem" (que era como Juliano se referia aos dois meses de peregrinação pelos museus de Paris e pelos *pubs* londrinos), que havia sumido para sempre, talvez perdido num passado que Juliano, ao contrário de muitas pessoas solitárias como ele, não costumava ruminar como se a memória fosse um capim cremoso e inesgotável. Simplesmente se afastava das pessoas que um dia conhecera, sem ais de lamento ou cóleras de dissensão. Não se tratava de misantropia. Juliano eventualmente conversava com o zelador do edifício, com a moça da padaria e com o homem que fazia a manutenção do túmulo de seus pais no cemitério do Butantã. Conversas funcionais, não desprovidas de alguma simpatia, mas uma simpatia morna, esvaziada, mecânica. A essa rotina laboriosamente metódica que Juliano soube estruturar no decorrer do tempo se juntam algumas idas esporádicas a um inferninho pulguento das imediações da praça Roosevelt. Fez amizade com algumas das moças que por ali fazem ponto, e não raro leva alguma delas para casa, pois teme pegar carrapato se dormir num dos colchões encardidos dos pequenos motéis das redondezas.

De modo que tudo o que passa por sua cabeça antes de dormir ganha relevo e certo aspecto de relato fabular. Lá fora, porém, um automóvel freia bruscamente, faz um barulho tremendo e choca-se contra alguém ou algo. Voz agonizante. Depois, o silêncio. Uma sirene pode ser ouvida de longe. Juliano pula da cama e se dirige à sala. Um automóvel preto, retorcido como um enorme *origami* de ferro, está abraçando um poste. Algo que parece uma trilha de sangue sai do carro e leva até um corpo parcialmente estendido no asfalto. De sua janela no 18º andar, Juliano apenas consegue decifrar um corpo de homem, nem jovem nem velho, talvez da sua idade, completamente inerte. Correndo para pegar o elevador que o levará ao nível da rua, Juliano não deixa de pensar no destino daqueles que morrem antes do tempo, na metade do caminho, rumo ao nada. As pessoas e alguns livros têm vidas paralelas, pensa, enquanto o elevador vai percorrendo o túnel vertical do edifício. Só percebe que está vestindo apenas um surrado calção esportivo, sem camisa e chinelos ordinários, quando chega à rua. Também só ali se dá conta de que deveria ter ligado com urgência para o serviço de resgate, afinal o acidentado pode ter alguma chance de sobrevivência se a ambulância aparecer a tempo e se os paramédicos não estiverem no final do plantão, extenuados por acontecimentos rigorosamente idênticos em outros pontos da grande cidade. Um pouco ofegante, Juliano se aproxima do pequeno grupo de pessoas postadas diante do automóvel acidentado — um menino que parece estar sob efeito de algum tipo de droga, um motociclista e duas putinhas que passavam pelo local, uma delas conhecida sua —, entreouve algumas palavras lamentosas e outras de espanto e dá meia-volta rumo ao edifício onde mora. Comenta alguma coisa com o zelador, que, habitando o acanhado apartamento térreo, acordou sobressaltado com o barulho tremendo do automóvel se chocando contra o poste e agora principia a narrar outros episódios semelhantes ao longo de décadas morando ao nível da rua. Com alguma gentileza, Juliano consegue se desvencilhar do zelador e de suas narrativas. Entra no elevador e volta para casa.

Desiste de dormir. Resolve ligar o computador. Sente o chamado da escrita.

O autor gostaria de agradecer aos seguintes leitores e amigos:
Milena Botelho; Fabricio Waltrick; Malu Rangel; Lavínia Fávero; João Gilberto Noll; Edward Pimenta; Elizabeth Volpi; Dina Sarmatz; Luís Augusto Fischer; Regina Zilberman.

Este livro foi composto na tipologia Electra LH
Regular, em corpo 11/16, e impresso em papel
off-white 90g/m² no Sistema Cameron da
Divisão Gráfica da Distribuidora Record.